名家小写集

# 浮尘

文河 —— 著

北京联合出版公司
Beijing United Publishing Co.,Ltd.

**图书在版编目（CIP）数据**

浮尘 / 文河著 . -- 北京：北京联合出版公司，
2024. 8. -- ( 名家小写文集 ). -- ISBN 978-7-5596
-7907-9

Ⅰ . I267

中国国家版本馆 CIP 数据核字第 2024969DG7 号

浮尘

作　　者：文　河
主　　编：张海君
出 品 人：赵红仕
出版监制：张晓冬
责任编辑：夏应鹏
特约编辑：和庚方　张　颖
封面设计：立丰天

北京联合出版公司出版
（北京市西城区德外大街 83 号楼 9 层　100088）
三河市同力彩印有限公司印刷　新华书店经销
字数 260 千字　710 毫米 ×1000 毫米　1/16　13 印张
2024 年 8 月第 1 版　2024 年 8 月第 1 次印刷
ISBN 978-7-5596-7907-9
定价：65.00 元

# 目　录

第一辑
# 世 味

# 四月清和

　　清明节，给外祖母上坟。生命的归宿是一抔黄土。麦子正在拔节，几乎覆盖住坟头了。给外祖母叩头，感觉是给大地叩头。千古以来，那么多生命埋在其中，大地也就有了另一层意义。外祖母离世才两周年，却感觉已经好久好久了。再深的情感，到最后也只能是一种平静的怀念。生死可以无隔，但生死毕竟有界。无隔，生命才能深广悠长。有界，才能互不干扰。

　　辽阔的麦田里，一处老坟旁，突然耸一株老柏，深翠凝重，姿势奇古，特好看。

　　今年春天天气反复无常，相对较冷，杨树的叶子刚长出来，还没变绿，是一种绛褐色的影子，但是很轻盈。远远看去，映着村中的老房子，极有画意。

　　清明，真是一个好词，一下子说出了天地气象。

　　杏花谢了，杏树的叶子倒很好看，轻盈，内秀。水荆条的叶子也好看。老荒宅上，几间土房子旁，一株桃花还在开放，显得特艳。每每看到桃花开在贫困荒落的地方，又明艳又闲寂，总让我有一种莫名的惆怅。

　　小姨送给母亲一大包紫荆花，说可以蒸着吃。紫荆花细碎，兜在一起，色彩格外有冲击力。

　　梨花也谢完了，蔷薇的长条上缀满密密麻麻的花苞。春到深处，繁华消歇，转觉清阴似水，悠悠无尽。

《古诗十九首》中的句子，"思君令人老，岁月忽已晚"，朴素厚重，当代的人生，已经承受不起了。一个"忽"字，实在是一种真实的心理感受，没有丝毫的夸张。我是在四月，才体会到这个"忽"字的分量。偶尔想一想十年、二十年以后的自己，想不通居然这么快就老了。人生，连设想都经不起了。

最近几年，每到春天，总有躁郁之感。人也变得敏感，易受刺激。好在慢慢学会了自我调节。对这个世界，有时谦逊得过度，甚至起了一种怯意，对自己也就多了份省思和怀疑。

昨晚有风，气温又降，有懈怠感，也不想散步了，百无聊赖之中，翻看《离骚》，对屈原又有了一个新的认识。《史记》称屈原明于治乱，娴于辞令，然而读《离骚》，看出屈原终归是一个诗人，想象力太丰富，情感太强烈细腻，过于清高和理想化，这种性格压根就不是搞政治、做实事的料。在那个战乱频仍的时代，强秦如虎，楚国虽大，却已衰落了，外交局势复杂诡谲，必须善于权变和妥协，能够藏污纳垢、处乱不惊，才有可能做出一番事业。只要处于权力核心，就不可能没有政治斗争，以屈原的这种诗人气质，不要说遇到怀王、顷襄王，无论遇到哪位国君，他的失败都是注定的。屈原死后百余年，始有贾谊，司马迁把屈原和贾生并列作传，也是以文士视之。伟大的诗人，以世俗眼光来看，其人生命运几乎都是悲剧性的。然而，因其对自身命运的超越，他的悲剧性也就成了自我完成的一个命定条件。如此一来，他的人生你也就不能以悲剧来视之。

今晨去西沙河散步，嫩叶簇簇，天地如新。多云，然而仍有清和之感。河坝上种有八重樱，樱花繁大。我用手机拍了几张照片。樱花太像樱花了，也不太好，太强烈的存在，有攻击性，简直是僭越。大凡事物风格化之后，自身也便成了一种束缚。

四月清和，清风徐来。鸟啼花影里，人在岁月中。也很美好。

2015 年 4 月

# 晚　饭

　　晚饭是在城西郊外的小院子里吃的。两棵石榴树枝冠连起来，下面放一张白色塑料桌子，如果是四四方方的小木桌——尤其是枣木桌或椿树桌——那就更好了。墙壁是用白石灰粉刷的，如果贴墙根儿生一抹青苔，看上去幽幽的，也很好。青苔，有年深月久的味道。记忆在时间里放久了，就会发出那种淡淡的陈旧的味道。

　　四个人，一个女人（来自池州，谢朓、李白和杜牧的池州），三个男人（一个派出所干警；一个心理咨询师；另一个，身份难以确定）。如果有五个人，也很好，六个就有点多了。花越多越好，花朵和花朵离远些或离近些，都很好。如果不是打江山，要那么多人干什么呢？

　　六月，黄昏很美，树荫很浓，低低地垂下来，把几个人罩严了。石榴花开得正艳，有一朵，突然落到盘子里。

　　七年前，在城南，沙河河堤内侧，也有个农家小饭店。黄昏，在石榴树下吃饭，也是四个人，也是三个男人和一个女人。也是满树的花，那四个人，都是同事。如今，一个已经疾病缠身，长期离开了单位。一个春风得意，已经当上了领导。一个依然故我。而那个女人，前年离了婚。

　　夏天真多呀，在风里，一晃一晃。

2013 年 5 月

# 独　树

　　傍晚沿河堤散步，顺便带两个朋友去看一株皂荚树。春天，我曾看过，还在树旁留了影。传入电脑空间时，我写道：一棵五百岁的树和一个四十岁的人。那时它刚想发芽，它身边还有很多其他树木。

　　如今盛夏，到处都是浓荫，深沉浩大。《西游记》里孙悟空拜访东海龙王，纵身入海，一路推水而行。在盛夏的浓荫中行走，也仿佛这般情形。

　　我们找了两个路口，居然都没有找到。那棵树已经融入众多绿荫之中了。

　　2006 年前后，我经常到这儿转悠，有个秋天，几乎每天都来。那段时间很落寂，整个人动荡不安。于是便跑到田野里，杂树林子里，听鸟鸣，观落叶，或坐在河边，看无数波纹细致入微、精妙绝伦地起伏。最是深秋夕阳欲没时，仿佛杜十娘怒沉百宝箱，落晖满河，无边的冷肃中透出刻骨铭心的绮艳。大河蜿蜒，长风万里，从远处来，又到远处去……独对云天，那一刻不是苍茫，不是慷慨，不是悲壮，不是喜悦，也不是感动，而是这一切情感的综合。

　　后来，这片地方就来得少了。现在，居然连那株皂荚树都找不到了。害得朋友走那么远的路，有点不好意思。但也不能全怪我。

陶潜说，"连林人不觉，独树众乃奇"。这句诗反映了陶潜超迈英锐的一面。陶骨子里是很绝对的一个人。一枝独秀，魏晋风度在他身上体现得最为深刻内在。木心很喜欢尼采这句话，"在自己身上，克服这个时代"。陶其实正是这样的一个人。他最终做了一株独树。这意味着摒弃、决绝，不断边缘化，彻底边缘化，直到把自己完全置身于一个无所依傍的孤立位置。——不是融入这个喧嚣的时代，而是让这个时代成为自己的存在背景。不是锦上添花，而是万绿丛中一点红。

树走不动，淹没于众荫之中，但人总是可以的。

2013 年 5 月

# 亮灯的窗户

　　当年还未结婚，毛头小伙儿。有两年多，在外地一个小城生活。晚上无聊，出来闲逛，看到路边楼上一个个亮着灯的窗户，心生遐想。

　　那时小城市路灯还很稀落，夜色昏暗，窗户就显得特别亮。都拉着窗帘，也听不见窗里的声音。

　　那一个一个清亮的小方块，温馨、宁静。也想拥有这么一个窗户，拥有这么一小方亮光。站在楼下昏暗之处，人会有些孤单。

　　还有一次，十来年了，在北京一个朋友的地下室里住了半月。地下室没有窗户，大白天也给人一种漫漫长夜的感觉，不知今夕何夕。

　　晚上出来，看到楼上人家亮灯的窗户，觉得这样才正常安好。

　　那时北京的房价已经很高了，但做梦也想不到能高到今天这个样子。

　　如果孤注一掷，把家里的房子卖了，再挪借一些，也能买起不大不小的一套。

　　当时也动了念头，有个小区开盘，还和那个朋友过去咨询。

朋友也劝我来北京发展，但我已经不是多想来了。买房的事，最后不了了之。

如果当时买下来，就是不去北京，过几年转手倒卖，或租赁出去，也赚大了。

但错过了就错过了，也没什么可后悔的。在普通的事物中，学会寻找生活的小小乐趣。一双竹筷子，一碗清水，一把碧青的葱，一丛糠心大萝卜开的碎花，也蕴藏着某种永恒的超越于人类所谓轰轰烈烈的大事件的东西呀。这种东西，历劫犹新。

在哪儿生活不是生活呢。陶渊明在农村，康德在小镇。

晚上散步，走到楼下，看见父母也散步回来，正好走在我前面。他们停下步子，抬头张望，还对着我住的地方指点什么。我喊他们。母亲说，我和你爸正说呢，看你家窗户亮着，就想着你该在家里，没想你也出去了。

我说，我出来时关灯了呀。母亲说，不对，你看，那不是你家窗户吗？

她又一层一层从下往上数。看她这么认真，我也帮着数。数到七楼我家的位置，果然看到一扇窗户亮着。

但那其实是邻居家的，我没有继续纠正。母亲说是我家的，那就是我家的吧。有父母牵挂着，就已经够了。

母亲最近两年明显老了，她一辈子好强，不服老，但还是老了。

父母的衰老，是一件让子女爱莫能助的事。用不了多少年，我也会老了。

2018 年 4 月 5 日

# 父亲和微信

两年前，父亲还不会使用智能手机。我换新手机，就把旧的给他用，他用不好，也不习惯，接听电话都很生疏。我教他，他当时记住，过后又忘了。我派女儿和外甥女专门教他，他总算学会了。

过段时间，他居然申请了微信号，加了很多老同事、老朋友。他们之间的交流联系也就方便多了，父亲自己也感到很新鲜。

父亲能够接触新事物，我和弟弟、妹妹都很高兴。弟弟、妹妹他们家人，都加父亲为"好友"，妻子和女儿也加了，我却没加。朋友圈毕竟是一个平台，就算你转载一个链接，其实也体现着你的某种表达或态度。不知怎么，有些情绪和情感，我羞于让父亲看到。

妻子也学其他人，建了个家庭群。刚开始，群里很热闹，但父亲却极少发话。网络平台和现实场合，还是有区别的。

以前，每次出远门，我们兄妹几个都会给父亲打个电话或发个短信，报个平安。自从有了家庭群，再出远门，我们就在群里发些照片，交谈一下。女儿上大学时，我去送她，出去几天。回来，去看父亲。他责怪我外出几天，连个信息也不给他发。我说，我每天都在群里发照片，汇报情况啊。他说，我每天都看，都没看到。这怎么可能呢。我拿过他的手机翻看，还真看不到。

后来总算找到了原因，原来前几天，弟弟换新手机，就把旧的给了他。父亲以为一个手机一个微信号，就又申请了一个。他说，那你把我拉进群吧。

我只好把父亲加为"好友"。

新鲜劲儿一过去，现在家庭群也就变得冷清了，大家都忙，每天哪有那么多闲话说呢。但群里的链接却多了，都是父亲发的。都是他认为有用的链接，诸如此类："家庭和睦，再穷都能发家"啦，"做人，贵在忍，心在善"啦，"安全开车注意事项"啦，等等。

这些链接，我很少点开的，我想，其他成员也不会感兴趣吧。但我知道，父亲是通过这种方式，来继续表达他对我们的关爱。最近，他会揣摩着我感兴趣的内容，每天私下发给我一条、两条。我很少看，也没回复过他。是啊，能说什么呢。

母亲也抱怨，说父亲自从学会使用微信，也不看报纸了，总是看手机，也不怕累坏了眼。

人变老了，潜意识中，会担心被这个世界遗弃吧。

有一次，我去看望他们。推开门，发现他们两个在客厅坐着，也不说话，就那么静静坐着。我突然发现，客厅显得太空旷了。我知道，他们是有点寂寞的，是那种老年人普遍的难以避免的寂寞。

前两天，妻子说不做饭了，请父母到外面吃饺子。吃过饭，我陪他们走到十字路口。绿灯还有十多秒，父亲迟疑着站住了，他怕来不及走过斑马线。在以前，他会快步走过去的。

等绿灯又重新亮了，父亲和母亲这才开始向前走。

我静静地站在这边，看他们缓缓走过马路，像看着两个孩子。

2019 年 1 月 12 日

# 无聊记

　　无聊的定义，对我来说，即频繁刷新微信朋友圈。

　　这段时间，我每想写点什么，又写不出来或写不顺的时候，便会拿起手机，下意识地去刷朋友圈。

　　人都有那么一点窥视欲。

　　微信圈大多是生活中一些裁剪出的场景，片段式的，或者精选式的，典型的"冰山一角"。真正的隐秘向来深藏心底，有时连自己也不大愿意告诉的。

　　"不识庐山真面目，只缘身在此山中。"选择一个置身物外的角度，难道就看清楚了？我看未必。在生活中，你得到宏观和整体，就极有可能（甚至一定）会失去微观和细节。

　　人永远会顾此失彼。

　　刷朋友圈（大有浑水摸鱼的感觉），一刷便刷到朋友存朴。他说他喜欢佛手——几张佛手照片。

　　几天前恰好看到街上有卖佛手的，与照片上的稍有不同。

　　我留言：我见的佛手是微张的，这几个拳头紧攥，是想揍人吗？

　　我想的是，对于这个世界愚昧的一面，这几个佛手提不动禅棒，没法当头"棒喝"，只有挥动老拳了。

存朴回复：嫩时微张，成熟合拢。——这叫修成正果。

这个解释妙极。

于是引起我对这种果实的兴趣了。懒得查书，于是，百度。百度——摆渡。长此以往，查找和思索的乐趣大大减少，人的思维会不会掉进水里淹死？

搜索的结果是，我所见的与这种还真不同。我所见的是药用佛手，存朴这个是广佛手，属于食用佛手。这个就不多写了。能百度查到的东西，我都不愿意去写。至少，不多写。

明白是明白了，但这也意味着存朴回复中的趣味性丧失了。因为我们所指的并不是同一种事物。我们的应答是建立在一个错位的知识点上。

将错就错，有时倒错得有意思起来。

如果能错得生动有趣，倒是比对得一本正经还要好些。

有一个软件，每次启动，都要提醒我的电脑慢，并且每次都安慰道：慢，也是一种境界。一气之下，卸了它，电脑速度果然提上来了。这时我才发现，这个软件原来也挺无聊的。

2015 年 7 月

# 画　皮

　　画皮的时候，一定要惟妙惟肖，无论是在月光中，还是在阳光下，要看上去一个样。仿佛你天生就是这个样子的。你很好。一定要注意到每一个细节，在人群中，不能露出任何破绽。尤其是眼睛，最容易泄露内心真实的情感，这一点，一定要尽最大努力掩饰起来。一定要显出总是很快乐的样子。噢，这样就不妨画一副墨镜，架在脸上，看上去很酷的样子，对什么事都满不在乎的样子。如果实在没有办法，还可以把头发画长些，像垂柳，这样，在失控的软弱时刻，可以垂下来，把眼睛遮住——可是，如果有风怎么办呢？

　　平时，熟悉的人会喊你——写到这里，我才想到，你需要一个名字，但该叫你什么呢——咳咳，姑且叫你张三吧。他们在街上遇见你，会和你打招呼：喂，张三，买菜回来啦。你会笑一笑，说：回来啦。或者，他们会说：张三，上班去啊。你也会笑一笑，说：是啊，上班去。但一转眼，他们就想不到你了。也就是说，你虽然在这个世界上存在着，却微不足道。你到来，不多；你离去，不少。

　　出于安全和慎重，画皮裹在身上，是不能轻易脱下来的。就算是盛夏，也要让自己躲藏在里面。所以，要选择最好的颜料，要涂厚些，要防水。雨水，汗水，洗澡水。睡觉的时候，脚要并排放平，它们累了，在生活中，一天一天走着，需要休息。要平躺，双手摊开，只有这时，你才不需要再想着去拥有什么，也不需要再想着放弃什么。

绘画的技术，要精益求精，并且，要迅速。要一挥而就。因为，再好的颜料，也会在岁月中褪色，总有一天，你要面对自己。到时，关紧房门，千万要堵住每一个缝隙。如果你有老婆和孩子（我想，你肯定有老婆和孩子），千万不要让他们看见，要等他们熟睡的时候。那时，你把画皮脱下来，铺开，一动不动地看着它。接着，你又把眼光投向自己。在深夜的灯光下，你看到了自己的屈辱、压抑和累累伤痕。只有在这样的时刻，你才能热泪长流，尽情悲伤。

2014 年 3 月

# 赏　雪

　　昨晚，也没见有云，天空只剩下半块月亮，毛糙得很。风不大，但很锐，割脸。天明时，倒看到落了很多雪。下电梯，碰到同楼的一个女人，上上下下包裹得煞是严实，只有鼻子眼睛从衣缝里显出来。鼻子很挺，眼睛很大。她说，这雪说下还真下了。我说，明天还有呢。她说，是呀，还有大雪呢。看不到她的表情，听声音倒是欣喜。我想继续和这个女人谈谈雪，谈谈天气。结果，电梯到楼下了。

　　且说赏雪。

　　赏雪当然是件雅事，但越是雅事，也就越容易——附庸风雅。雅事一经雕琢和修饰，便成了自我表演。

　　王徽之雪夜访戴安道，造门不前而返，曰："吾本乘兴而来，兴尽而返，何必见戴！"此言倒大有禅意。这是东晋，禅宗初祖达摩还要到很久之后的萧梁时代方才浮海而来。但禅意何时不可存在？只是当时它尚未被命名而已。

　　生命虽说是一个偶然，但当我们出生时，也就是乘兴而来了。花朵该它开的时候，它就开；该它落的时候，它就落。它并不需要一个确切的目的。但花朵是美的。

　　"乘兴而来，兴尽而返"，真可作为墓志铭。

崇祯五年十二月，明人张岱家住西湖，深夜独往湖心亭看雪。这是魏晋风度的一种遥远的回光返照吗？

雪的美，是一种纯粹性的美。真是"可远观而不可亵玩"。美只有脱离实用性才能获得更独立的生命。

前段时间，重读了数章《红楼梦》。说到实用性，林黛玉就没有薛宝钗具备更多的实用性。贾母疼她、爱她，是真心的。但有个宝钗在那儿呢，贾母就绝不会让她嫁给贾宝玉了。贾府是不会接纳这样一个"风一吹就倒"的画儿一般的人儿的。林黛玉本质上是个纯粹的诗人。贾家需要一个稳重平和的当家人，而不是一个诗人。

我这么一个干不了正事的人，也没什么实用性。以前喜欢林黛玉，更多的是同情。现在喜欢她，更多的则是理解了。

2013 年 12 月

# 雨之书

## 毛毛雨

天上落极细的雨——毛毛雨。"毛毛"二字，传神至极。这雨，细得甚至只是一种潮湿的感觉。街上行人，有的打伞，有的不打。天色昏昏的，光线很暗，临窗读《论语》。几个人的注解对着读。公有公理，婆有婆理，各说各的理。

如果我再说，那么，我也有我的理。

也许每个人的内心深处，都有这样一种隐秘的欲望："都别说，听我的!"

说来说去，大多时候，都是我们自己的声音。一片嘈杂，反倒听不清孔子在说什么了。

觉得自己像个隐士，想想，又不是。隐士是摒弃世事的人，万事悠悠，如浮云过眼，心中不留多少芥蒂。《论语》中的隐士，是不赞成孔子的。我则处处觉得孔子的可敬与可爱。圣人并非天生的，他也有常人的七情六欲，所不同的是，他有高度的自制，总在孜孜不倦地修正和提升自身，并卓有成效，直至达到相对的完美。

我充其量只是一个"宅男"罢了。

这个时候，倒想起知堂先生《雨天的书》一书中的序文了：

"雨虽然细得望去都看不见，天色却非常阴沉，使人十分气闷。在这样的时候，常引起一种空想，觉得如在江村小屋里，靠玻璃窗，烘着白炭火钵，喝清茶，同友人闲话，那是颇愉快的事。"此情此景，如此清福，真令人向往不已。这是知堂的空想，也是我的空想。

设想一下，如果生当春秋，这个时候，我会做些什么？这样下雨的天，如果离孔子不太远，我会去找孔子。和这样的人在一起，如沐春风。

这倒是由空想一变而为妄想了。

# 风雨夕

连续二十多天了，非阴即雨。

昨晚，雨。熬粥，怕溢锅，守在旁边，脑子里蓦然蹦出两个句子："别后相思知多少，人在风雨小红楼。"也不知是我的，还是哪个古人的，还是无意中拼凑的。

可能是我的。

但我又不在小红楼，我在小高层，水泥楼，交着不合理的物业费。

小高层，风显得很大，把雨水一片一片吹向窗玻璃，然后一道一道流下去。向外望去，模糊一片，整个世界像打了马赛克。

春听鸟啼，秋听虫鸣。下雨的时候，听不到虫鸣，只好听雨声。

今晚，又雨，雨势比昨晚更大，明显感觉到了一种秋天的凉意。

推掉了一个应酬，那么多交浅言深的人，坐在一起，山呼海啸，杯盘狼藉，实在让我畏惧。

如此天气，适合三五知己，把酒漫谈。

苏东坡赏月，念无与为乐。遂至承天寺寻张怀民。张怀民果然亦未寝。——人间清欢，莫过于此。然而，合适的时候，遇到合适的人，又哪能那么容易。失之交臂，还有遗憾在。很多时候，你东我西，压根就碰不了面的。

风雨如晦之时，《诗经》里说："既见君子，云胡不喜！"以前很喜欢这种情绪的强烈，现在倒感到强烈得有了刺激性。

弘一法师谈极乐世界种种之乐，其中之一是花开见佛。这种快乐，倒来得清澈平正。佛境虽远，然而，细细看去，其实又皆是世俗之意。

## 夜 雨

夜雨，一阵即止，稍后绵绵不断。对雨越来越没感觉了，雨只是雨。十年前，喜欢临窗观雨，长时间站着，无语。二十年前，写诗道："我向每一滴雨水问好，我向每一滴雨水微笑"。那时，最喜欢在雨声中写诗，一切仿佛都会天长地久似的。三十年前，雨落在茅草檐上——至今仍记得那种小心翼翼的有点孤单的簌簌声，黑暗中那种微腐的草木的浓郁气味。

再往前，就没什么印象了。

## 冻 雨

整夜雨声大作，四时许，霹雳一声，惊天动地。秋分之后，按理说，惊雷该收声了，天象可怪。

黎明，雨势转暴，一个多小时后，小城便到处积水了。所在小区，数个出口，积水深处可达尺许。有处路段，两车走顶头了，争道，互不相让，很多骑三轮、骑电瓶车的人，被堵在那儿。本来只要一方稍稍后移，便可畅通无阻，但宝马不让奔驰，奔驰不让宝马,冷冷对峙,任由他人淋在雨里。而骑三轮车、骑电瓶车的呢,似乎也不是十分着急,倒想看看热闹。后来也不知哪方妥协了。

记得有则诗话,谈到冻雨一词。注曰,冻雨,即暴雨。引及山谷《读中兴碑》诗云,"冻雨为洒前朝碑";又及《楚词》云,"使冻雨兮洒途"。以前还以为冻雨即是冷雨。

而秋天的雨,也确实有点冷了。

在公交车上的新闻里,听到张贤亮去世的消息,享年78岁。从座位上站起来,拉住扶手,把这则新闻仔细听完。读过他的几篇小说,都没大印象了。好像在《绿化树》里吧,记得有一个从地里挖胡萝卜的细节。孙犁在一篇小品里,也曾写过挖胡萝卜的事情。饥饿感似乎一直贯穿在中国的底层历史中。

一个作家,最重要的是他想了什么,而不是他做了什么。张贤亮想了很多,也做了很多。

下午又是雨声淅沥。前几天,母亲送来半竹篮柿子。放在阳台上晒,还没晒红。于是干脆收进纸箱里,又放了几个苹果,捂。今年秋天雨水大,柿子熟得慢。母亲说,偶有熟甜的,鸟儿便来啄食,撵不离。阴雨天,鸟儿不易觅食,也格外贪吃吧。其实,这些柿子是我们的,也是它们的。我们只不过有目的地种了一棵树罢了。一切属于自然。

2014 年 9 月

# 世味集

## 大　风

很快，绿杨就成荫了。小区那家院墙上的蔷薇也打苞了。

下午起了风。我住在小高层，后面有座楼挡着，风灌进来，就减了势。想出去走走，下了楼才知道风很大。我不怕风，但怕风中的尘土，于是又回到楼上。

曾住在某个小镇的五楼，顶楼，房间很简陋。那座楼正处于一个风口中，深夜，哨子风尖叫着掠过。好像风带有弹性，被扯得细细的，长长的。但是黑暗中，人静静躺着，心很安稳。

晚上，风仍没停息，气温也降下来了，降了十几度。饭后去楼下按摩腰椎间盘。按摩师姓刘，个儿不高，少言语，戴副黑框眼镜，松松垮垮罩件白大褂。他看上去瘦瘦弱弱的，手劲儿却很大，往腰部一搭，硬。

他有两个孩子，大的是个女儿，上小学；又要个儿子，才会走。他老婆没工作，个头比他还高，看上去很温柔，长得也漂亮。上次来，他老婆回去做饭了，他儿子闹，他就让儿子看手机。

二十块钱按一次，一次半小时。我问他一天下来，平均能不能按二十个。他说只能十六七个。我算了算，去掉房租，所剩也就不多了。

吃口饭也真不容易，手肘并用，一天要站七八个小时。干这一行，说的是靠技术（医术），其实是靠体力。老了，干不动了，怎么办呢？

他儿子踮着脚，站在塑料小凳子上抓那个红汽车玩具，脚一滑，一下子趴倒在按摩床的边框上，差点磕着脸，哇哇大哭。我吓了一跳，他老婆也跑过来。他倒不慌不忙，慢慢把儿子拉起。

按摩结束，回去。从两座楼的楼道口经过，风声呼啸，排山倒海般，一阵紧似一阵地灌了进来。

# 杂货店

时间长了，洗脸池下面的塑料软管渗水，得换个新的，就到楼下的杂货店去买。店里是满满当当的日常用品，两边墙壁堆挂不完，中间又纵着放一个高达屋顶的货架，货架两边也堆挂得上下都是。如果两个人迎面走来，就得都侧着身子。

日用电器配件，厨具配件，塑料制品，拖把，扫帚，土簸箕，脚垫子，杂七杂八，都不是什么贵重的东西，满打满算，加一块儿，也值不了多少钱。

这样的小店，连个店名都没有，但是看着让人踏实。店主三十多岁，瘦瘦的，说话声音很快。他一口一个老板地称呼我，让我暗自好笑，我还从没想到过自己是老板。不过，如今老板是尊称。

他递给我的塑料软管和我以前用的不一样，我说："不合适可以换吗？"

"老板，这是新式的，通用，肯定合适。"

看我有点怀疑，他又连忙说，老板，可以换，可以换。

回来安装，果然合适。

女儿放寒假回来，房间需要个多用电插板，到楼下替她买。

楼下另有两家专门卖电器配件的。本来经过这家杂货店了，又回来。没看到店主，喊了一下，才见他拍拍手，从货架后面钻出来。

拿了电插板，习惯性地随口问了一句，可以少点吗？

"小生意，不赚钱的。"

这两年，商铺租金涨了很多，生意普遍难做。也就一个电插板，又能赚多少钱呢？问过，自己倒有点不好意思了。付过钱也就走了。

这样的杂货店是很安静的，不像服装店、鞋店、首饰店等，一般没人来闲逛，都是直截了当地过来，买了东西就走。

没人的时候，店主就在那儿坐着，不急不躁。早上开门，晚上关门，日复一日。如果没有特殊情况，一辈子很快也就过去了。满屋子的东西，都是过日子离不开的，看着确实很踏实。

很多看似轰轰烈烈的人，活着活着，在纷繁的世事中，很快就心灰意冷了。倒是这些极其平凡的人，也不多想什么，安安心心的，对生活反倒始终如一地保持着热情。

# 摊 位

楼下街道刚开通时，断断续续来了很多卖菜的。过不多久，居然形成一个非常热闹的菜市场。形成菜市场后，摊位也就紧张了。在约定俗成之前，谁来早谁就占个好位子。

每天黎明，天还黑着，就有小商小贩赶来了。大冬天，寒风里，袖手缩颈，默默守护着脚下那么一片小小的地方，真不容易。有时起早了，站在窗边看，会想，人死了，还是得占一点点地方，占很长时间。然后，才能消失。

靠近十字路口这边，有卖菜的，也有卖水果的，甚至还有卖花草或日常用品的。我的老乡就在这儿卖水果。我们以前算是前后庄，提起当时几个有头有脸的人物，还有其他一些人，都还认识。但我们彼此却没一点印象。还是我和妻子买水果时，偶尔说闲话，才得知我们是老乡的。

他已经来县城好几年了，如今在城南靠着郊区的地方买了房子，平时就靠贩卖水果，维持家用，供养两个儿子上学。他开一辆小货车，水果也不用卸下来，车位就是摊位。他妻子也常来帮忙。他很瘦，言语不多，他妻子却胖胖的，高嗓门，性格开朗，见人老远就打招呼。

有一次，晚上十点多了，我和妻子外出回来，看到他的小货车还在街口路灯下停着。街上已经冷冷清清，没生意了。我们问他怎么还不回家。他说，就在车上睡，不回去了。我说，家又不远，何必呢？他说，每天凌晨四点，就得赶到批发市场拉水果，从家里出发，得绕个大弯儿，再来抢占摊位，怕来不及。

唉，他年纪也不小了，还是这么拼。

今年夏天，城区环境规范整治，这个自发形成的菜市场就被取消了。商贩们自然也就不再来抢占摊位了。听惯熙来攘往的市声，有时会嫌吵，但有一天突然安静下来，一时倒又觉得太安静了。人就是这么怪。

老乡还在附近卖水果，他的小货车有时停在这个小区，有时停在那个小区，不固定。他的生意大概不如以前了吧。

## 拎鸡蛋的男人

晚上，不想做饭了。吃什么呢？想想，附近有家卖面的小店，好久没去了，那就吃碗面吧。

面是炝锅面，汤很浓，放有胡椒粉，微辣，我主要喜欢吃汤里炖得烂烂的豌豆。店里其他几个小菜也不错，卤豆腐泡（豆腐泡在卤汤里热热地浸着），麻辣黄瓜段，卤鸡爪。

我要了一碗面，另加两个卤豆腐泡。面的分量很大，一碗就足够了。

　　店里还有一些人。靠里一张桌，三个人，几盘菜，二斤白酒。这三个人，其中一个年龄大些，五十多岁，另外两个，也都四十开外了。他们的棉袄上还有泥灰的痕迹。看样子，是工地上干活的。累了一天，三个人找个小店，喝两杯，放松一下。他们已经喝得酒酣耳热了，嗓门很大，说话像吵架。好像吃饭并不重要，重要的是说话。

　　左侧有个女的，穿黑羽绒长袄，长发，白白净净的，边吃边看手机。

　　我旁边两个年轻人，要十来个卤鸡爪、一盘凉拼、一盘花生米、一瓶"牛栏山"。他们快吃好了。两碗面吃了一半，剩了一半。两人偶尔低声说句什么，像在商量什么事情，其中一个是外地口音。

　　我对面有个男人，和我一样，也只要了一碗面。他应该是某个单位的公职人员吧，衣服干干净净的，手也干干净净的，有一点秃鬓，脸上有一种谨小慎微的表情。眼角的皱纹很深，似乎隐隐透出一丝疲倦和麻木。一辈子，沿着既定的轨道走，快走到头了，路不发岔了，心也不发岔了。就像一根光秃秃的电线杆子，想要有点生机，也很难。也好，也不好。但，就这样吧，认了。大街上，这样的人也很多，乍一看有点面熟，再一看呢，又不认识。这个男人的脚下，靠着桌子腿，放着一袋子鸡蛋，看来是刚从超市里买的。可能老婆有事了，晚上也不想做饭了，就顺便过来了。有人从他身边经过，他就下意识地伸下腿，拦一下，怕碰到那袋鸡蛋了。其实，只要随手往里挪挪，也就没有这种担心了。

　　他低下头，专注地吃着，吃得很慢，也很干净。最后，他端起碗，把汤都喝完了。

　　吃完面，他拎起鸡蛋，怕袋子不结实，就拎到胸前的位置，然后再用另一只手托住，小心地护着，好像那是一种极其宝贵的东西。

# 卖木雕的

住处东边新建的广场上，常做商品促销活动。

也有外地卖东西的。他们扎堆来，在广场边儿上，一长溜支一排帐篷，摆摊子。每天就在帐篷里做饭吃，煤气罐，煤气灶，锅碗瓢勺，居家过日子的东西，一应俱全。看景况，应该是一年四季，长期在外吧。夜里，就住帐篷，支张小床，或打个地铺。

前段时间，来了很多卖木雕的。牛、马、犬、狮、虎、鹰、弥勒佛、南海观音、关帝、老寿星。动物造型和人物造型，栩栩如生。木雕，因势赋形，看重的是神似，而非形似。太逼真了，反而失之自然。

还有茶桌，我觉得还不如原木的好。清清白白的一个木墩，拙就随它拙，丑就任它丑，就算开裂，也就开裂好了，纹理和年轮历历分明，散发着原生木质的气息，桐木就是桐木气，樟木就是樟木气，不失本性。二三好友，闲时喝几盏淡茶，说些闲话，不很好吗？或者一个人，喝杯茶，绿茶，或红茶，静静坐一会儿，不很好吗？甚至，也不一定喝茶。白开水，也很好，一杯清水，供神，神也不会嫌弃的。

一张茶桌，干吗要雕饰得那么精美复杂？

今年冬天，冷得早。没想到会下雪，倒真是下了。雪还不小，楼顶都白了。这些卖木雕的，也不收摊。这么多笨重的东西，装，运，卸，来一趟，也不容易。也不是说收就能收的。他们穿上绿军装棉大衣，戴上厚厚的棉帽子，双手袖在袖筒里，冷风里站着。为了生活，也真不容易。夜里，睡在帐篷里，帐篷围严了，不透风，但会透凉，凉飕飕的。睡觉时，也得戴着帽子吧。睡不着时，他们会惦念家、惦念孩子的吧。

有对年轻夫妻，女的也像男的那样穿棉大衣，戴棉帽子。看上去虽然臃肿，但眉毛还是细细地描了，眼睛大大的，显得喜气。生活不容易，脸上还能有喜气，也真难得。

放在外面的木雕，没有遮盖，落了一层薄薄的雪，反而变好看了。这些动物，仿佛从远处跑来，刚刚聚在一起。安安静静的，没有冲突、撕咬和吞噬。

刚交了九，气温还会回升一些的。天气暖和，这些卖木雕的，就好过些了。

这些木雕，价格相当不菲，也没见有人买。来人很多，来看看。看看热闹，也就走了。还有一些人，来了，认认真真砍价，砍完价，还是不买，走了。

过段时间，这些卖木雕的，也走了。

## 洗　澡

今年冬天，小区斜对面新开一家浴池，开业做活动时，买了月票，每周便去洗澡一次。

我喜欢早晨去，七点开门，每每第一个到。早去好，人少，水清。

三个搓背师傅，两个喜欢多睡会儿，另一个起得早些。自然就是这个早起的给我搓背了。一来二去，我们就算认识了。他最多五十来岁，圆脸膛儿，络腮胡子，胖乎乎的，肚子挺着，见人热情。

早晨，又去洗澡。这位搓背师傅正和那位售票员在前台大厅说话。售票员是个讲究的老头儿，衣冠楚楚；搓背师傅呢，赤条条只穿一个小裤衩。两人在沙发上并肩而坐，谈笑风生，却又相映成趣。

到浴池泡一会儿热水，搓背师傅便过来给我搓背。

刚搓好，又来一人。这个人的嗓子有点破，但声音很有磁性。看来他和搓背师傅非常熟悉，他在池内半躺着，搓背师傅在池外站着，两人聊得火热。他说池子有点浅，得改造。搓背师傅说，已经给老板提建议了，马上就准备加高，就因为池水浅，少来好多人。

这个洗澡的，对老板的情况相当了解，从两人的对话中，我得知这整座楼都是老板的。他有两个女儿，这次外出好久了，家中生意也疏于打点。出去干什么呢？两个人都不太清楚，但他们推测，可能和另外一个女人生儿子去了。家财万贯，老板渴望要个儿子。

两人又谈到楼上休息室，说太小，也得改。休息室我去休息过一次，嫌抽烟的人太多，就再没去过。

那个洗澡的人又问，现在楼上生意好吗？

搓背师傅说，天热了，来人也少了，其他几个女人都走了，还剩一个，一天也就挣个千儿八百的。

那个人说，那也不少了。

搓背师傅还说了一些此处不便写出来的细节。他就像一个排气管，很多热气腾腾、泥沙俱下的生活，从他那儿不断冒出来。但这种生活，远远看去，就像一道道白漫漫的水蒸气。风一吹，也就散了，消失了。

## 黑暗中的哭泣

晚上散步回来，在湿地公园一个小广场上的小凉棚里，听到一个女孩哽咽难忍地哭泣。旁边，还有一个男孩低低的声音，像辩解，像安慰，又像纠缠。

小广场临河，没有路灯，棚子里一片昏暗，什么也看不清。

　　那个女孩，还未踏入社会，或刚刚踏入社会吧，就连哭泣声，也能听出来很年轻。她的哭声是那么痛苦，那么无助，撕心裂肺。那个男孩又低低地说了句什么，好像一勺盐，撒入已经滚开的砂锅里，女孩的哭泣声，仿佛从自己的身体里，止不住地溢了出来，溢得到处都是。她痛苦得控制不住自己了。

　　应该是情感上的事儿吧。别人是无法过问的。

　　我站着听了听，心里一阵难受，然后走了。

　　男女之间，相互依赖，相互需要，又相互纠缠，相互伤害，只等慢慢疲惫了，没力气了，才算风平浪静了。所有刻骨铭心的伤痛，都会在岁月中慢慢结痂，整个人在生活中，也会慢慢变得现实、冷静。一切看穿了，看透了，无所谓了，释然了，成熟了，宽容了——老了。

　　人性的复杂，构成了现实的悖论。

　　那个女孩，如此年轻，还有很多人类普遍的生活经历，在等着她呢。

# 回　家

　　医院门诊的急救室里，一个年轻的男孩直挺挺地躺在单架上，已经停止呼吸。一位中年妇女抱着他，哭着说："虎子，我是妈，你可别吓我啊！"她拍拍男孩的脸，看男孩不说话，然后把脸贴在男孩脸上，焦急地说："你说话呀，你看你，打球累的，身上都是汗，跟妈回家吧！走，起来，咱们回家！"她用力摇晃着男孩，又怕晃疼了他，停下来；看男孩不说话，就把脸转向周围的人。她呆呆打量着大家的脸色。大家噙着眼泪，谁都不说话。空气凝固着。她好像一下子明白了什么，突然撕心裂肺地痛哭起来："虎子，你让妈还活不活呀！我的儿呀——"哭了几声，又戛然而止。接着，好像安慰自己似的，柔声说："虎子，这不是真的！妈知道，你这是跟妈闹着玩的，你就是想吓吓妈妈。起来，你看看妈，咱们不在这儿了，咱们回家……"

此时，她的儿子仿佛并没有变成一具尸体，而是重新变成了一个不听话的小孩儿。天黑了，她要牵着他的手，带他回家。

男孩今年十八岁，下午打篮球，因心脏病，猝死。其父去世得早，由妈妈一手拉扯大，他永远不会跟着妈妈回家了。

# 声 音

早晨，菜市场。一中年汉子，双颊丰腴，戴顶黑色毡帽，套件蓝色长衫，立在铁架前卖狗肉，现杀现卖。铁架下堆放着一张刚剥下的狗皮，脏兮兮的，沾满泥污。架上的狗肉，后腿已经卖光，只剩下前半截身子，狗头光溜溜的，没了皮，死不瞑目，两只大眼珠子，直愣愣地凸着，歪着头，像在沉思，想的都是几千年前的事。旁边的三轮车上，铁笼子里还锁着两条黑狗，呆呆地趴在那儿，忧愁，无聊，偶尔扑闪扑闪眼睛，望望笼子外面，一点没有要逃出去的欲望。

一个三十多岁的女人，来到架子前，买了块狗肉。

"多少钱？"

"八十。"

女人和汉子讨论做狗肉的方法——砂锅，大料炖，先用猛火，然后文火，最好烧劈柴，可惜城里没地锅。炖好再焖一会儿。葱花，姜丝，调料。喷香，大补。铁笼子里的两条狗，侧着耳朵，虽听得似懂非懂，却知道和自己的命运有关。

女人打算把肉提走，突然又回转身来，说："你再给我剁成小块，省得我回去再费事。"

汉子一把拎起狗肉，甩在笼子旁的砧板上，那块砧板由于长期使用，被狗血浸渍，整个变得殷红，中间凹了一大片。汉子提刀剁肉，啪啪啪，干脆利落，剁的仿佛不是狗的尸体，而是生命本身。

那两条狗惊恐万状，躲没处躲，藏没处藏，紧贴着笼子，瘫在那儿。它们凄怆、绝望地哀嚎起来。那声音长长的，颤颤的，似人非人，像哭，又不像哭，仿佛没经过喉咙，而是直接从心脏或某个古老的伤口深处倾泻出来。

2019 年

# 日常流水

## 元 旦

元旦，人来人往的大街。看见一个毛头小子，骑单车，躬着身，驮个女孩儿，匆匆远去。无论如何，青春是美的。虽然从没觉得自己的青春怎么样。

当初也和几个女孩子有过零零碎碎的交往，甚至有过蜻蜓点水般的肌肤之亲，但谈不上是爱。啊，年轻似乎总被当成荒唐的借口和理由，用贾母劝凤姐的话来说，"自从小儿世人都打这么过的"。

有过狂热的痛苦、不堪的单相思，20 世纪 90 年代初的单相思，单纯，也单调，羞涩，怯懦，笨拙而脆弱。那点子热情，越是想表达，又越喜欢层层叠叠包裹起来，就像一堆受潮的柴火，烧不起来，憋在那儿，一个劲儿地冒烟。

最终没勇气捅破那层窗户纸，就那样让她疏影横斜地映在心上了。很好看，但也只能看，也容易凋落。

现在想想，就算当初梦想成真，又能怎样。新人总会成旧人的。这种旧，不像中国古画的旧，被时光杀尽了火气，变得古色古香，更有韵味；而是旧棉袄的旧，充满现实性——厚厚的棉花和细密的针脚。花团锦簇的新鲜感消失了，如果还暖和，倒好，就怕旧得破绽百出，连暖都保不住了。

如今，窗户也破了，纸也没了，只剩下一个空空如也的框架，斑斑驳驳，曾经那么美丽的影子，也没的映了。当然，一切也就烟消云散了。开始还偶尔有一阵回忆的风吹来，碰到什么，哗哗啦啦响那么一阵子。后来，连风也没有了。这应该就是那种叫作沧桑的东西吧。

很多事情，是由不得我们自个儿做主的，都交给了时光。

# 日　常

头痛，服扑热息痛两片。"寤言不寐，愿言则嚔"，并非想谁了，乃过敏性鼻炎。每到季节转换，便加重。

上午和妻子至母亲处，摘回一竹篮柿子。尖顶的，个顶个地大，澄黄。尖顶的比平顶的甜。取苹果数个，一并放入纸箱，搬到阳台上捂晒。若能再挂树半月，变红，当更好。但母亲怕别人摘去，我们摸不到，便催促提前来摘。

读《法华经》。生老病死，以前并不多想，其实人生中，何尝有比这更重大的事情呢。一切都是身外之物，只有这些属于自己。甚至，就连这些，最后也会一并消失。"活着，本身就是一个奇迹。"只有历经很多世事之后，才能体验艾米莉·狄金森这句话的意思。

真理并非你理解了，便能体验；而是只有你体验了，才算真正理解。换句话说，真理是让人们用心灵来体验的，而不是仅仅让人们单纯地用头脑来理解的。

读经时心境平和，无表达欲望。但接连几天不写几个字，便有时光虚度之感。阳光之下无新事，能在写作中提供一些异质性的东西——无论形式，还是内容——实在极难。但也因此而极为可贵。

忽然记起太中校园内那片绿荷。晚饭后，散步至此。荷叶有点残了，失去夏日时的生机，有几片变得枯黄。荷塘北边一片垂柳下，有个小女生坐在那儿，抱膝嘤嘤而泣，旁边有个瘦高个小男生，拨弄着手中的手机，不知对她说了或做了什么。男女之间，真正以付出为目的的爱极少。大多数的爱，都包含着某些残酷性的东西。这些残酷性的东西，往往被一层温情脉脉的表面化的绒布包裹着，有时连本人也极难觉察。而这两个孩子，还少不更世。没有办法，当我们在生活中真正更深刻地理解爱情时，我们其实已经失去爱的能力或爱的权利了。夜色无边，千回百转的柳丝此时变得格外安静，向着大地，无限柔顺，无限下垂。

## 唱诗班

天色阴沉，微雨其零。教堂唱诗班的歌声破空而来，格外嘹亮。以前好像从来没有听得这么清晰过。这个小教堂，我曾在一篇名为《乡村教堂》的文字中专门写过它。天还不太冷的时候，连续几个礼拜天，我都去听赞美诗和布道。我发现，来这儿的人，女人多于男人，老人多于年轻人。有很多又年轻又漂亮的女人。又年轻又漂亮的女人有信仰，不容易。我来这儿，不是出于皈依，而是出于对皈依的好奇。

也许别人喜欢居家的感觉，而我却喜欢一路向家中走去的感觉。"陌上花开，可缓缓归矣"。我喜欢这样一种生命过程，有方向感，有目的性。安稳，繁华，风光无限。

## 深 秋

深秋，阴得很重。早晨，河堤上散步，忽然想到"山阳闻笛"的典故。即向秀的《思旧赋》。

鲁迅在《为了忘却的记念》一文中感慨道："年青时读向子

期《思旧赋》，很怪他为什么只有寥寥的几行，刚开头却又煞了尾。然而，现在我懂得了。"

著名学者李泽厚在一则小序里引用了这句话，也很感慨。然后又说："如其那样，又何不根本不开头呢？没有开头，也就没有结尾。"

"没有开头，也就没有结尾"，这当然很好，可是，如此一来，却又少了几分人世的热闹。《红楼梦》的结尾"落了片白茫茫大地真干净"，可是，也还是得有一个开头。由天上，来到人间。这样，才有了一个悲欢离合的故事。不从太虚幻境到人世走一遭，石头只能还是石头。

宝玉要永远和姐姐妹妹厮守在一起，所以，心里常放不开，搁不下，愁肠百结。既然天下没有不散的宴席，那就不如当初不来聚好了，这是黛玉的态度。其实黛玉这是情到深处。有点故意跟自己赌气。两相权衡，还是宝玉这种态度显得端正。所以，他对世界有情有义，可以处处有包容。

但人生，很多时候，根本就不能设想。

欲语还休，最后，不说也罢。有些事就是如此。冷冬，黄昏，斜阳，物是人非。苍苍的天空下，有凄清无调的笛声，断断续续，传远了，被风割破了，成了一种"褴褛"的声音。

那个远行的人，什么都不说了，站住，只听这笛声。

# 一根针

这是在老家，我们有一个破旧的空荡荡的大院子。我听到院外发出巨大的声响，就跑出去看。打开两扇大门，只见我家那头大猪，摇摇站起，又轰然倒下。我有点吃惊，不明白它怎么了。它的躯体极其庞大，光溜溜的，像一头鲸。但我知道，这是一头猪。接着，它站起，又倒下，反复挣扎。后来，它起不来了，长长的脊背遮住我的视线。我向旁边移动一下，这时，才看见，我的几个邻居驱赶着一群野兽，沿门前大路，从西至东而来。到处是杂乱响亮的蹄声，尘土飞扬。哦，我这才明白这头猪倒下的原因——它被吓瘫了。兽群被赶向东家邻居的院子，我听到，我家院子里乱嘈嘈的，忙转过身，却突然发现，不知何时，我家院子的东墙已不翼而飞了。兽群浩浩荡荡，争相涌过来。就在这时，两个蹒跚学步的小孩子，闻声而出。大一点的是男孩儿，他被纵横往来的兽群挡住了，我只能隐隐看见他的头顶。另一个是女孩儿，她在前面，离我的视线较近。她穿着一件浅白色的折叠荷叶裙，上面点缀着湖水绿的椭圆花斑，头上的荷叶帽微微倾侧。她好奇地看着兽群。兽群中有虎、狼，可能还有狮子。它们围着小女孩儿奔突。我意识到情况的危险。果然，片刻之间，这些虎狼就忍不住了，向小女孩儿蹭过来，把她挤得摇摇晃晃。它们低低怒吼着，张开大嘴，做跃跃欲试状。我喊那几个邻居过来制止。但他们东一个，西一个，站在那儿，若无其事，好像在商量一件什么事情。我旁边有两个女人，其中一个，穿红色毛呢大衣、黑高帮皮靴。她们看着这种情形，指指点点，且说且笑。我惊恐万状，连声大喊，直到骤然从这个可怕的恶梦中醒来。嗯，我想，一定有一根针，在我体内某个地方潜藏着。

# 阳　光

　　冬日午后小巷子里的阳光，很静，是那种很老很老的——上了年纪的静。灰瓦盆沿，石槽边，咸菜坛口，墙脚旧鞋子里，临街窗台的小木桌上……角角落落，到处都是。

　　如今，这样的小巷子，这样的阳光，尤其是，这样的静，都没有了。

　　只有回忆和怀想是静静的。

# 夜广场

冬天的晚上，小城广场，穿睡衣的女人多了起来。有的女人，穿睡衣似乎反而更好看一些，体态更柔和、舒展。

女人，有的越老，变得越慈祥、越宽和。也有的，则很尖刻，凶巴巴的。

年轻时，不理解高更。巴黎那么美丽，那么浪漫——沙龙、咖啡馆、艳遇、塞纳河的波光……为什么非要去野蛮的塔希提岛呢？

现在，我也想去了。

灯光煌煌，繁华热闹中，有隐秘的破碎和荒凉。

落光叶子的枝条，密集，遒劲，空空如也，风吹过，微微颤动。

有人从枝条下走过，像鱼游过珊瑚，脸上落满斑驳的光点。你看不清他的表情，但他的内心深处也许会突然产生一丝渴望——渴望获得某种纯朴、善良、女性化的温暖。

# 年 底

到了年末岁尾，本该心生欢喜，却反倒有几丝说不出的惶然。

过得真快，又一年过去了，日子哗哗的。说实话，一年到头，似乎也没敢怎么闲着，生怕荒废了自己，也在努力做点什么的。可到底做了什么，想想似乎又没多少。

怕应酬，但又不得不应酬。有些人，不得不处；有些话，不得不说；有些事，不得不做。一直努力学习应酬的技艺，无奈至今仍是技不如人。骨子里，我是一个喜欢安静的人。

以前读《鲁迅日记》，好奇鲁迅是怎么过年的，翻到年尾，倒突然读到一句，"殊无换岁之感"，当时便十分感慨。

古人有联，天增岁月人增寿，福满乾坤春满园。儿时人家门前常用此联，看多了，当成了一句套话，没多想。现在思之，此联真是大气宏丽，让人觉得人世就该如此安然、丰满、踏实，怎么过都是好的。

现在的年，只有形式还依稀残存，味道却早没有了。一个人，如果没有精气神，徒具形骸，便会显得呆板。文明、制度、礼仪，社会人生中具有形式感的一切，皆如此，年也是。

但无论怎样，过年还是应该喜悦的。

2013 年

# 乡土味

## 坟

人死入土为安。土高那么一点，就成了坟。人活一辈子，也就比土高那么一阵子。

坟过几年要添一添，如果不添，坟越来越小，又变平了。人一锹一锹添的其实不是土，而是记忆。

坟上长草，开野花。草会比其他地方的旺，野花呢，也会比其他地方开得多。小小的坟，在春天显得生机勃勃。风吹草动，坟好像要跑起来。大地如此辽阔，一个小土堆，能跑到哪儿呢？尘土在大地上跑，跑了一阵子，又停下来，回到地上，坟一动不动。

秋天，草黄了，草结了无数粒种子。凉风一阵阵吹来，坟在草丛里晒太阳。坟好像在静静回忆着什么，又好像在做一个恍惚的梦。

但坟又能回忆什么呢，又能做什么梦呢，坟没有年龄啊。坟不像房子，一座房子很容易让人看出经历过多少年风雨。而一座土坟，才过几年，看上去就很老了。人们通常把土坟称为老坟。

一粒粒尘埃，有的跑到衣服上，有的跑到灶台上，有的跑到马路上，有的跑到辙痕里，有的跑到河水里……一粒尘埃，也有自己的命运。不同的地方，有不同的意义。同样的一堆土，也有自己的命运。有的土属于人间，比如土房子。有的土离人间就远了，坟是跑出人间的土。

老天给人一条命，也会给人一条路。但老天又把这一切都收回去。老天给了人一堆土，最后，老天把给人的那堆土也收回去了，把那堆土重新交还给大地，坟消失了。

天高地厚。

# 哑孩子

太阳刚露脸儿，哑孩子就跟妈妈一块出来了。麦田边有片闲地，妈妈用铁锹挖一挖，想种点菜。

麦子才想出穗，个别的已经出了。麦叶上挂着一粒粒亮晶晶的露珠，露珠的清香和麦叶的清香混在一起，很轻很淡的香。你不注意，就闻不到。麦地静静的，像湖面，但好像时刻会轻轻荡漾。哑孩子老担心麦子叶尖尖上的露珠会掉下来。

麦地边还种了蚕豆和豌豆；蚕豆花白瓣上带着黑点，像戏台上的老花脸。蚕豆花的气味有点粗糙，很野蛮似的，开始哑孩子不大喜欢，后来闻惯了，又喜欢上了。豌豆花的气味就文静多了，很细，很淡，怯怯的，小心翼翼的。蚕豆花和豌豆花上也有很多露珠。哑孩子心里喊它们：嘿，蚕豆花，豌豆花！

他知道蚕豆花和豌豆花会回答他。蚕豆花的嗓门高，粗声大气，什么事老想一口气说完。豌豆花呢，声音脆脆的，细言细语的。哑孩子知道蚕豆花和豌豆花的许多小小的秘密。

哑孩子知道，四月底，蚕豆花就全部变成蚕豆了，蚕豆胖胖的，鼓鼓的，憨头憨脑。豌豆花要晚一些，要到五月才变成豌豆。

妈妈要把蚕豆和豌豆旁边的土也挖一挖，好种些小青菜。土的气味真好闻啊，凉凉的，潮潮的，好像来自很深很远的地方。

哑孩子喜欢把妈妈新挖出来的土块捏碎。妈妈的身上有一种好闻的汗味。哑孩子看看她，在心里轻轻叫了一声，妈妈。真奇怪，妈妈好像立即就听见了，微笑着转过头来，看了看哑孩子。哑孩子也冲妈妈笑了笑。妈妈擦把汗，又挖起土来。

明年，哑孩子想在这儿种一棵红草莓。他要自个儿种，一点也不让妈妈帮忙。

要不，还是种两棵红草莓吧。一棵红草莓没个伴儿，在夜里多害怕、多孤单呀。

哑孩子呆呆地想。妈妈把那片空地挖完了，她走过来，摸摸哑孩子的头，愣了会儿，轻轻叹口气。

妈妈，你为什么要叹气呢？

## 羊飞走了

静喜住在王破寨最后，周围没一个邻居，孤零零的一家。门前一条河沟，沟沿歪歪扭扭长几棵老树，树冠绿沉沉的，压向水面。有鱼儿跳出来吃树叶子，吃小蠓虫。

夜深人静之时，还有鱼儿泼刺一声跳出来，吞吃了几颗流星。

村里很多人都出去打工了，静喜却在家闲着。人劝他，静喜你要发家致富呀。

怎么发家致富呢？村里有好多户人家养羊，那也就养羊吧。现在人都嫌猪肉是饲料催的，不健康，都改吃羊肉了。静喜就养了十来只羊。

静喜的羊长得特别肥，跑出来特别出眼。有人就向静喜讨教经验，静喜说，你不能光喂它们草料，还要经常给它们说说话，唠唠嗑。

结果，村里都传说，静喜的羊会说话。传得连杨营村的人也专门跑过来打听：静喜，你家的羊都给你说些啥呢？静喜只是笑笑，也不解释。

这事越传越玄乎，杨营村的一个人就坚持说，静喜的羊还会飞。王破寨的一个人就立即证实，说有天傍晚，他就亲眼看见静喜赶着那些羊，从外面回来，那些羊从绿油油的麦地上空飞了起来。第二天他还特意到那片麦地看看，麦子一棵也没碰倒。

有一天，静喜的羊真的飞走了。那些羊挨挨挤挤，像一团团白云，擦着玉米梢，唰唰飞着。静喜跟在后面追，跑累了，就纵身一跳，骑上其中一只。那些羊越飞越高，掠过路对过那片杨树林子，很快就飞得看不见了。

但后来也有人传说，静喜的羊是被几个人开着三轮车抢了，静喜心疼，和那几个人搏斗。那几个人把静喜也扔车上带走了。

反正，静喜和他的羊再也没见回来。

# 敲 门

要说起她呀，算来她今年也该七十八了吧。人老了，骨头就松了，各种零件也就开始坏了，腿呀，胳膊呀，心脏呀，脑子呀，啥想到想不到的毛病就都来了。她当家的死二十年多了，那天中午正端着碗吃面条，吃着吃着就感到浑身不得劲儿，赶紧拉到镇医院，一瓶子水还没吊完，就断气儿了，也不知是啥病，恁要命。我们这一辈儿人，年轻时啥罪没受过，啥苦没吃过呢？好在她两个儿子都成了家，该办的事情也都办完了。以前她两个儿子都仕外面打工，孩子都丢给她带着。大儿子不止混，吃喝嫖赌啥都干，手里留不住一分钱，大儿媳闹着要离婚，闹了好几年，后来大儿子慢慢走上正道儿，在无锡郊外租地种菜卖，两口子才又和好了。大儿媳也不是个省油的灯，死抠儿，家里挣的钱都攥在自己手心里，有进没出，一个子儿也不往外拿。两个孙子吃饭穿衣上学，都搜刮她。她哪儿来的钱呢，就靠自己种那几亩地。

小儿子还算好，除了喜欢喝两杯，其他坏毛病倒是没有；也有两个孩子，头一个是闺女，紧跟着又要了个儿子，等两个孩子能丢开手，也把孩子丢给她，两口子也跑出去挣钱。她照管着四个孩子，每天骑着三轮到镇上接送他们上学，再加上农活，风里来雨里去，瘦得没个人样儿。就这样一年一年硬撑下来，孙子们也长大了，大儿子小儿子也在镇上买了房子，全家都搬了过去。你说人这一辈子可真快，眨巴眨巴眼黄土就埋到脖子了，身体说垮就垮了，活儿也干不动了，她的几亩地只好分给两个儿子种了。按理说呢，她可以跟着儿子享两天福了，但两个儿媳都嫌弃她，说她脑子不好使了，丢三落四拉邋里邋遢的，都不愿意养活她。她自己住在村子里，一年到头，儿子儿媳也没一个来看看她。你不知道，她心多好，家里的青菜呀，鸡蛋呀，她舍不得吃，兜着去镇上送给儿子，敲他们家的门，却没有一家愿意开的，都怕她住下不走。想想她这么大年纪，心里啥滋味儿哟，能不伤心吗？她经常坐在自己小屋门口，一坐半天，絮絮叨叨，自言自语的。她也真没记性，门前槐花开了，她拿着根竹竿，踮着脚，忙活了大半天，才采了半小布袋，她说儿子们小时候就喜欢吃蒸槐花，结果这次还是没敲开他们的门。她的脑子确实不好使了，有一阵子就听见她老是喊老伴的名字，和他说话，好像老伴就在对面站着似的，听着让人发怵。谁也没想到那天夜里她就走上了绝路。还从没见她这么讲究过，衣服穿得整整齐齐，头发梳得一点不乱，还换了双平时舍不得穿的新鞋。本来她家门口就有歪脖子树，她是怕以后别人想起她来害怕，就特意走了老远，一直走到村后那片树林子里上的吊。唉，真可怜哪。

2018 年 4 月

# 村庄记

## 竹 园

我记下这些无关紧要的东西——

野蔷薇：它们在村子后边的荒滩沟畔肆意生长着。肆意，对，就是这样。它们想怎么长，就怎么长。没人管，没人问。它们相互纠缠着长成了篱墙。它们全身都缀满了花苞。春风浩荡，很快，它们又肆意开花。层层叠叠的花，雪白，粉红。

棠棣：此处共有三棵棠棣。村东北角有一棵。这一棵比较小，只有几根枝条开出疏疏的白花。而村西北角这一棵就比较大了。有碗口粗。我说的碗，不是现在的细瓷碗，是过去的粗瓷大碗，稳重，正大，吃起饭来一碗顶一碗。这棵棠棣花朵繁密，向河沟上面铺展开的枝条，几乎遮住岸边那座红砖小瓦房。瓦房后有一株石榴树，满树明亮的绛红小芽，真艳。第三棵棠棣长在村子里面。这一棵最粗最大，但它枝条稀疏，树势奇拙。

枳：我们这儿称其为臭鸡蛋子树。这种命名是从它的果实着眼的。但枳实酸涩，并不臭。熬鱼汤时，切数片放锅里，去腥，提味，汤鲜肉嫩。枳花方开。针棘纵横的枳树，深绿逼人，不怒自威。疏疏的小白花，像橘花。这几大丛枳树，长在村子西南。

桐：桐花开放，其香甜腻。老枝拳曲，新枝细细。

人间四月天，绿荫渐浓，我有一种淡淡的愧意。万物如此美好，我却无法为这种美好增添些什么。我觉得我活着是一种幸运，也是一种僭越。

竹园村真小啊，只有二十来户人家。

# 王 大

下午四点多的阳光静静地照着村子，很明亮，但是已经不再强烈。小村就包裹在杂树丛里，光影交错。这些树叶好像也在静静发光，柔和的、澄黄的光，透明。花斑鸠东一处西一处地鸣叫。画眉、喜鹊、麻雀，还有其他一些叫不出名字的鸟儿。鸡、鸭、猪、羊，还有鹅。鹅的叫声带有某种金属性，好像从某个很深很深的地方发出来，像一把放在背阴处的曲柄锄头，铮亮，被雨水浸蚀，又生了一点锈。如果声音可以抚摸，那么，鹅的叫声摸上去一定带点金属的凉意。小池塘，老柳树，一动不动在门旁长久坐着的老人。他们什么也不能做了，好像只是在等着什么，等着那永远宁静的黑暗时刻的到来。淮北平原上的农村，从事实上来说，现在已经是空村，是老人村。时光仿佛静止了。每当置身于这种氛围中，我都有一种想流泪的冲动。不是悲伤，更不是喜悦，而是一种无法分析的感情。

我说的是王大，但也可以是淮北平原上任何一个小村庄。

# 张 营

下午，从张营村回来，在村子西边铁路沿线的绿化林带中，我走了很长一段时间。

梓树刚长满叶子，冬青树层层叠叠的旧叶中，又冒出簇簇新叶。地上还有很多去年的落叶。远处的田野，疏疏几个干活的人，四周很静。偶尔一辆火车轰隆隆驶来，好像把这种宁静装载走一部分。但火车驶远了，这种宁静又立即堆积过来。这是大地上特有的透明的宁静，质地柔软的宁静。阳光又把这种宁静晒得热乎乎的，似乎摸上去像干净的被单一样。过去那种老式的织布机，一梭一梭织出的纯棉被单。

一个人行走，思绪散乱。我感觉我是一个人，同时又是许多个人。我一会儿是庄子，一会儿又是李商隐；一会儿是苏东坡，一会儿又是王安石。有一会儿，我甚至是卡夫卡和普鲁斯特，是尼采和里尔克。我是一个如此复杂的综合体。

我是一个古老的源远流长的人，一个相互排斥又高度统一的人。

但此时，我最渴望的是，把我体内这些人彻底清除出去。我想彻底清除掉我身上积淀的人文影响和人文趣味，我只是我，一个露珠一样单纯透明的人。

轻荫婆娑，树叶绿得能滴下水来。我愿意是一抹纯粹而轻盈的绿意。

# 宫 营

宫营西北角，种了好多白牡丹，白牡丹可作药用。这么多白牡丹在一起，产生很大的视觉冲击力。还有好多，长在村边荒地上的杨树行子里。映着浓浓的气势飞扬的浩浩绿荫，成千上万朵白花不约而同地盛开着，非常壮美。花香幽甜，一阵阵扑来。这么贫瘠的土地中，钻出这么纯洁、这么娇美的花朵，真不可思议。仿佛天地初始，虚无成形。

在村后的小水塘边站了一会儿，风行水上，波纹如梦，我也觉得不可思议。风和水相感应，旋即产生了一个新的意象。

万物之间，相互感应，相互生发，世界天然成趣，姿态横生。如此奇，如此妙，可惜我们懵懵然置身其中，却常常视而不见，听而不闻，浑然不觉。

# 钜　阳

钜阳村位于宫集镇东侧，临近西淝河，早就听说过这儿有楚国的国都遗址。已在这个乡镇工作几年了，春日迟迟，天气晴好，便驱车过来看看。

站在高高的土堆上，我知道我的脚下曾经有过一座宫殿的，当地老百姓称之为殿顶子。即便目前缺乏更翔实的考古证据支撑，但这儿的老百姓，祖祖辈辈都坚称这片地方，曾是楚国的国都，并流传着很多有板有眼的故事。苏东坡词赋中的赤壁，也有这样一种历史的恍惚。恍惚得很美好，仿佛月光下一片婆娑的花影。

传说中的伍子胥打马过乌江，就在此地不远处，所谓的乌江，现在已是一条窄窄的水沟了。

殿顶子东边居住的人家，称为东殿村，西边的人家呢，自然就称为西殿村了。但西殿村后来又改称马庄了，因为据说曾有一个姓马的娘娘居住过。

当初，作为权力中心，这一地带，应该是戒备森严的吧，寻常百姓是难以走近的。权力地带的周围，又该是商业繁华之处。车马辐辏，店铺林立，歌喉舞袖，饮食男女，白天是喧哗的，热闹的；夜晚呢，城门关闭，梆声警夜，千家万户，又复归于宁静了。古代的清夜，繁星如沸，深沉而辽阔，充满神秘感，偶尔有细细的犬吠或马匹粗重的响鼻。

楚建国于汉水流域，南方，雨水多，阳光充沛，湖泊纵横，百草丰茂，绿荫遍地。此地水土，便养育了富有热情和幻想性格的楚人。楚文化中产生了屈原。因为屈原，我对楚国抱有好感。

屈原属于楚文化，所以，准确来说，我是对楚文化抱有好感。我虽生长于淮北平原，地厚天高，但我能感到自己骨子里有很多南方气质、水的气息，有很多水波荡漾、回环往复的东西。柔润、温静，但亦有滴水穿石的执着。中国文化，尤其是江南文化，其中也有安逸颓靡的一面，容易让人沉溺进去，这也让我时时保持着警惕和反思，以求生命的自我净化和自我更新。

楚国后期，由盛转衰，遭秦侵逼蚕食，楚人逃亡迁徙，慢慢便转至安徽、江苏一带了。楚虽亡于秦，秦的统治到底不能持久，后来还是楚人灭了秦。秦武事虽强，但文治不足，只见冷酷的征伐，却无人世的爱意。始皇帝焚书坑儒，其实是亲手给自己的帝国挖掘坟墓啊。

在东殿村村后一处刚建成的房子前，有两位老婆婆坐在刚长出新芽的杨树下闲话。几只鸡来回走动，也不怕人。旁边的猪圈里，一只大黑猪躺在那儿呼呼大睡。看到这番景象，我便感到亲切。我向两位老婆婆打招呼："大娘，你们身体好啊。"她们好奇我是做什么的。我说，来看这儿的楚都遗址呀。她们便笑了，说，以前就有不少人专门来过呢。她们告诉我殿顶子前那口废井的故事，说那口井据老辈的人说，就是楚国时打的，井底有泉眼直通到东边的洰河，很多年前，常有大鱼游进来，后来就枯竭了。

在村子里转了转，我就出来了。村边的水塘里，几只鸭子在水边觅食，想到鸭子在我们这儿叫作"扁嘴"，不禁笑了。鸭子的嘴又黑又扁，像个土簸箕，嘎嘎叫着，吃饱肚子便悠然自得，在塘岸晒太阳。一个小小水塘便是它们的天下，这个天下不需要它们治理，它们置身其中，只安心享受便是了。

塘后的空地上，也就是殿顶子前，新栽着一些树苗，树苗间有几棵桃树花开正艳。两三千年前，这儿也有桃花盛开吧，和《诗经》里歌咏的桃花一样，千朵万朵，装点一个悲欢离合的人世。好花谢了结果，绿叶成荫，如同好女婚后生儿育女。王权更迭，浮云苍狗，这个民族始终是生生不息的。真正的历史在文字里，更在我们的血液里。一代一代，绵延不绝。我们生活在当下，而那久远的过去，却仍在悄悄影响着我们。

大地上，麦苗青青，几只喜鹊，喳喳叫着，向远处飞去。我站着不动，仰头看它们渐渐变小，变成了几个小黑点，正想着它们要飞向哪儿呢，却见它们倏地就落了下来。那儿就是西淝河。河水日复一日，静静涌流着，然后迢迢入淮，碧海青天，悠悠无尽。

## 西淝河

从东殿村往东，再走一段路，即到西淝河。

西淝河古称夏肥水。我想，肥者，应该含有深阔之意。这是一个天然水系，清朝之时，始称淝河。战国后期，楚国受秦国威逼，国势日蹙，据说，楚考烈王曾迁都于此。如此，淝河有作为漕运的功能。两三千年前，淝水的水面，肯定远比今天阔大。

此处河段一河两县，此岸（西岸）为太和县，彼岸（东岸）为涡阳县。适合徒步而行。最好三月中旬，野花初放，杂树新芽。一个人背简易帐篷，走个十天八天。行其所行，随遇而安。也可以两人结伴，都喜欢发呆。自由，随性，散漫，偶尔激动起来，孩子般兴高采烈。

早上来的时候，河边露水还很大，走在草丛中，裤管都被露水打湿了。青蛙的鸣声零零落落，若到夜晚，满河蛙声，煞是热闹。野鸟的声音，闷、钝、脆。野鸭很多，它们在水面茂密的水草上浮卧着，当我走到水边，嚓——嚓——嚓——，它们就连蹦带跳地向前跑去。还有一只白色的水鸟，体形比白鹭大，比鹤小，飞起来时姿态舒展、轻盈。它就在岸边新生的芦苇丛站着，我走近它时，它便翩然向前飞去，飞了一段距离，又落下来。当我再次接近它时，它又悠然向前飞去，如是数次。阳光变强烈了，我在杨树荫中坐下来。

风从此岸的麦田滚过来，又向对岸的麦田滚去，一直滚向天边。麦浪一波一波涌动。这世间，很多东西来了，很多东西走了，浮云苍老。而几千年来，这条河还在。沧海桑田，也许有一天，它也会消失。但此刻，它是真实的。

## 后宫庄

刚入腊月，麦苗还没盖严地皮儿，但绿意已经很浓了。沟畔背阴处，残雪犹存。看不到成群的喜鹊。在后宫村后的小河对岸，只看见一只，在地上蹦蹦跳跳，然后飞上一棵落光叶子的垂柳上。河很窄，我看看它，它看看我。让我高兴的是，它并没有飞去。我担心自己惊扰了它，悄悄走开了。

河边有很多枯死的苍耳、蓖麻、艾蒿等植物，然而很好看。大自然注重细节。然，天道无亲。以其无心出之，无心处之，自然而然。故，大巧若拙。

从后宫村往南，折而向西，是宫小庄。三间青瓦房的屋脊上，还积着厚厚的雪。屋角有棵粗大的老枣树，枝条盘曲如虬，落满麻雀。黄昏，夕阳正好落在屋脊上，像摔碎了一个红瓤大西瓜。这一刻，世界很静。这种静，是生铁铸就的静，似乎拎上去沉甸甸的，摸上去又凉又硬，给人一种万古如斯之感。

## 杨 营

冬天，世界变空了。杨营看上去似乎也变小了。人也变小了。远远的地方，贴着垂下的天边，两个小小的人影相遇，像两个小黑点（准确地说，像两个小小的叹号）碰了碰，然后又远远走开，慢慢在天边消失，好像被天空吞咽了，一点儿声音也没有。

沟畔上的草荒得没了时间感，仿佛要天长地久地荒下去。夏秋之时，草丛里虫鸣繁密，有一个自成一体的热闹的世界。如今，这个世界整体消失了。一场苦霜接着一场苦霜，草叶发褐发黄，色彩又柔顺又寂涩，阳光一照，平添几分暖意，好像仍然有着生命，风吹过来，吹在密密的叶子上，风声就变细了，变长了，有了韵。我所理解的"风韵"，是指一种微妙的天然的声音。

地里还有一些青帮大白菜，都收心儿了。快下雪了，得收回去窖起来。白菜冻僵，就走了味儿。大雪天，大骨头汤炖大白菜、冻豆腐，双手捧着痛痛快快吃两碗，浑身热乎乎的，真舒坦。

2018 年 4—12 月

# 濛洼散记

    到达阜南蒙洼的时候，太阳已经升得很高了，但并不刺眼。这个地方，属于淮河的蓄洪区。我居住在沙颍河畔，河湾一带，划有行洪区。到了此处，始知蓄洪区和行洪区的区别，虽一字之差，那后果的轻重程度可大不相同。洪水可不是什么值得欢迎的客人，它带来的不是幸福，而是灾难。蓄，意味着洪水在此停留；行，则意味着洪水匆匆而过。据说有一年，洪水曾在蒙洼一带停留三个多月之久，不言而喻，那灾难当然是深重的。

    初冬，天气清肃，隐隐地，有一种如箭在弦、引而未发的凝重寒意。此处距离我的家乡，也算不上太远，但由于地理环境特殊，看上去倒有几分陌生的情调。旱稻早已收割，稻茬齐刷刷的，暴露在无边无际的广漠天空下。麦子刚刚出苗，远远看去，有隐约的绿意，是那种"草色遥看近却无"的隐约。

    一大片一大片的湖泊，静静的，没有一丝波纹，似乎酣睡了，这一会儿，就算刮大风，也唤不醒它们。

    湖泊里有枯竭的残荷，同行的人一见便引用李商隐那个著名的句子，"留得残荷听雨声"，但这么多的湖泊，这么多的断梗残叶，这么浩大的空间，此处听雨，那雨声和寂寞，便会呈几何数繁殖和递增，如此，听雨的人，最后也许自己也会变成一滴最沉重、最响亮的雨水。天地间，该向何处安放自己呢？

虽是平原地带，村庄却很稀少，也很少见到成窝的杂树林子，疏疏几棵白杨，树身单薄，枝上零零落落缀几片黄叶，有萧疏之美。我对这种美，总会情不自禁有一种怜惜之意，想伸手拉过来，揽在怀里。这儿的村庄大都称为庄台，比如西田坡自然村，不叫西田坡村，而是叫西田坡庄台。每个庄台前，都有一个深深的水塘。土高成台，看到这些居高临下的庄台，便明白从古以来，洪水对这儿村民的侵逼。为了躲避洪水，当初的人们，便选择一个相对高敞的地方，然后一筐筐、一车车地就近取土，把地基堆高，盖上房屋，从此祖祖辈辈便歌哭于斯。我走进一户人家，和一位老人拉家常，几句话下来，就能看清整个皖北农民的性格了，质朴，隐忍，温顺，草一样，似乎风一刮就倒了，霜一打就枯了，但春天一到，又悄然长了一茬，似乎岁月并没有流逝，而是打了个旋涡，又流了回来。阳光注意到也好，注意不到也好，草民们就那样自顾自地长着，活就活着，死就死了。两只鸡飞上石栏，在上面站了片刻，举目四顾，似乎也没发现什么，然后一步一步向前踱去。鸡走路的时候，总显出几分像煞有介事的样子。

淮河两岸，古时战乱频仍，天灾人祸不断。曹集镇张郢村据说曾是曹魏名将邓艾屯兵之处，旧称邓艾寨。邓艾伐蜀，功高盖世，却落得个身首异处的下场。邓艾并无谋反之意，可是他却忘记了"满招损，谦受益"的古训，当其兵入成都，便志得意满，矜功自伐起来，以前朝名将自命。这其实就已经为自己招来杀身之祸了。否则，即便钟会从中构陷，他也不会遭到司马昭的疑忌，槛车征回。且说邓艾屯兵之时，士兵们因吃食淮河中的蚬子而军力大增，曹集蚬子也从自知名。午饭食蚬子，和我小时在家乡河塘里所见到的不同。我们那儿称为蛤蜊，外壳状如折扇而中间凸起。这儿的蚬子外壳狭长如梭。细细咀嚼，肉质细嫩鲜美。

蒙洼最著名的地方，就是王家坝了。到了这儿，已是下午四点左右，溜河风吹来，打个寒战，胃隐隐作痛。天气时晴时阴，此时，太阳出来了，和早晨一样，并不刺眼。这一处河湾，为淮河、洪河、白露河三河交汇处，弯得很大，呈扇面铺展开来。白水如练，沉沉而去，看不到流动。凭栏而望，你压根想象不到，这条看上去如此温柔的水系居然会冲动暴戾，汹涌泛滥。你压根也想象不到，这片土地上，曾经发生过那么多惊天动地的险情和灾难。对岸是密密的林带，随岸势蜿蜒远去，缓缓转了一个弯儿，看不见了，弯儿那边，仿佛藏着掖着什么。天空有鸟儿无声起落，一切都静悄悄的。

而静如处子，动若脱兔的比喻，也可以用来形容水的性格，这也是我们这个古老民族的性格特点。这种性格特点，在卷帙浩繁的二十四史里，在博大厚重的《资治通鉴》里，清楚地反映出来。

在我们这个民族最根本最主要的性格形成过程中，水，无疑是最重要的因素之一。"上善若水"，"智者乐水"。古代的堪舆，民间称为"风水"。传说中的大禹，因治水成功，从而成为最具儒家理想化人格的人物形象之一。大禹治水的传说，也说明了从远古以来，水既会给我们带来丰稔和幸福，也会给我们带来伤害和灾难。但我们最后对水，对这条经过此处的源远流长的淮河，还是充满了感恩之情。

大坝前的浅水处，有一群鸭子，大约十来只，在繁密的水草间喋呷觅食，它们慢悠悠地游来游去，那么安然，那么笃定，它们丝毫不关心人世间的悲欢离合。对它们而言，此时此刻就是天长地久。

2018 年 11 月 12 日

# 沙河湾

## 清　福

吃素看竹，人间清福。

## 烟　日

古诗词里有"烟月"的措辞，如"烟月不知人事改，夜阑还照深宫"。烟月，有月色朦胧之意。

雨后初晴，潮气大，轻霭萦绕密柳的梢头，太阳刚升起的那一小会儿，那种朦胧鲜嫩的新红，蓦然让我想到一个词，"烟日"。

这永恒的"一小会儿"——是的，不是瞬间，也不是片刻，就是一小会儿——美好若有神意。

## 春色入味

下午从徐禅堂渡口坐渡轮到河对岸去。

古人乘舟远游，竹篙布帆，沿岸烟花绿树，山一重水一重，船行得是慢的，春天也就显得长了，古人的岁月真悠长啊。

　　樱花已残，海棠将衰，然而梨花如雪，碧桃欲燃。春色如火如荼。不由得就想到了一个词，物壮则老。然而，又一想，也好。老也未必不好，老并不是结束，老是一种转换，可以另开一种新的境界。

　　有时，不能多想。有时，应该再想一想。想一想，就透了。一透，就亮了。

　　天气热了。杨树刚发新芽，还未成荫，在河滩上一片杨树林子里走了一会儿，身上出汗。于是在野花丛中坐下来，独对一河碧波，远处传来花斑鸠的鸣声。

　　坐在那儿也会瞎想，想到屈原，想到杜甫。中国文人向来喜欢引花草自喻，屈原算是表率。美人香草，各有隐喻。

　　也想到了《红楼梦》，写世俗生活而有天人之境，太了不起了。

　　以前想到他们，会对自己绝望。现在不绝望了，因为不希望了。

　　波软无声，人比花低。

　　还想到了晚明诗人和画家李流芳，最近翻过他的《檀园集》。想到他的两句残诗："舍北三畦韭，江南四月鲥。"原来真正的春色是世俗的，可以入味儿。

# 沙 河

　　盛夏，沙河在最温柔的地方，转了一湾儿。来到此处，好像来到了一个人的心窝窝里，再也不想走了，任凭地老天荒。风景好到极处，便有不真实感。风吹过来，风吹过去，涟漪如梦。

　　"天上方一日，人间已百年"，古书上说的是遇仙。以前总以为是时间上的夸张，谁知原来写的只是一种心理感觉，竟然是真的。

## 鸟 影

　　在池塘边小立，看野荷的断梗残叶。只见一群鸟儿的影子虚虚地掠过，倏然而逝。水碧天蓝，寂然无声。

　　《红楼梦》里的诗句，"寒塘渡鹤影"，是把整个世间，都看虚了。

　　如果世界是一只鸟儿，有人捕捉鸟儿，驱马中原，挥斥方遒。而也有人，捕捉的则是鸟儿的影子，寒塘独坐，如在镜中。

## 鸟 巢

　　昨晚散步，远远地，看到初升的圆月，正好搁在那个鸟巢上。今晨散步，又特意到那棵树下看看。什么也没有了，明月仿佛从未来过。

鸟巢是鸟儿用树的细枝搭建而成的。树冠呢，是由树枝组成的。所以，鸟巢仍然是树的一部分。

记得《五灯会元》里，有个和尚，于树上结庵，终日居于其上，世人称其为鸟巢和尚。

## 观 水

中午，数友相聚，饮酒少许。饭后阳光极好，遂乘车至椿樱渡口。欲去河对岸的香椿林看看，小渡轮泊在水中，却已停渡。隔河而望，远林萧疏。

沿河南行，有游廊曲折入水。数人步廊上，凭栏观水。

无风水平如镜，风行水上，波光粼粼。曹子建咏洛神，临水观波，遐思飞扬。"凌波微步，罗袜生尘"，写的是美人曼妙的步态，其实亦是波光的闪烁。

风稍大，风生水起，水起则为波。风再大，波一变而成浪。风大，则浪大。大风大浪，翻翻滚滚一河水，流成了悠悠岁月，流成了漫漫历史。

这个时候，观水的人倒是忘了，波浪原本就是水。

风平，浪静。

水仍然是——水。

## 白 鹭

第七次看到这只白鹭，在第七个早晨。它在西沙河飞来飞去，翅膀和水面大概保持三十厘米的距离。最低的时候，几乎擦破自己的倒影。飞翔的速度减慢。有一刻，它的翅膀停止摆动，仅靠惯性前进，这使它的身体看上去像在明亮的镜面滑动。接着，它翩然升高，再升高，然后垂直降下，缓缓落在浅水处那块大石头上。此时，我在岸边独坐，它在石上独立，清风徐徐，波澜不兴，我们相对无言。我想起早年曾写过的一个诗句，"从飞鸟的尖喙，到你美丽的诗篇，路有多远？"是啊，这其间的距离，有多远呢？我至今仍未抵达。重温旧梦不可，重温过去的风景，亦永远不可。因为，时光悠悠，山河早改。

# 引龙沟

引龙沟在郑渡口东侧，此处水边常年泊几艘趸船，船上搭建钢构房屋，住着人家。船上种花种菜，亦养狗，养鸡鸭鹅。船帮搭一条薄薄木板，人从木板上岸，狗和鸡亦从木板上岸，皆气定神闲的样子。

一个年轻女人，穿花格子棉睡衣，收拾晾晒的衣服。男人在外面穿睡衣，总显几分不庄重，女人穿睡衣，尤其是好看的少妇穿睡衣，倒平添妩媚之态。

冬天，鹅在岸边草滩觅食。鹅觅食和鸡觅食形态大异。鸡是左扒扒，右挠挠，伸头缩颈，咕咕低叫。鹅则以嘴做铲，在草滩上进行一种翻耕式的搜寻，它们可能在搜寻沙土里的草种子。鹅浮水面，曲颈向天，白羽胜雪，神采俊逸。跑到沙滩觅食的时候，则浑身脏兮兮的，灰头土脸，形状滑稽。为了生计，求得填饱肚子，人不易，鹅亦不易。

引龙沟并没有引来鱼龙，倒引来一股股污水，从坝外排入河中。

# 梅花和男孩女孩

在河坝上行走，有对男孩和女孩，手拉着手迎面走过。男孩并不帅气，女孩也不漂亮，但两人说着，笑着，都很快乐。

　　二桥东边的蜡梅花有点开残了，红梅正在爆骨朵。说梅花高洁，其实梅花又是很香的，幽香细细；亦很艳的，明艳入骨。

　　我喜欢清香、幽香，亦喜欢烈艳、奇艳。风流一生，横绝一世。

　　到二桥并无大事，就是来看看梅花。

　　回去的时候，那对男孩和女孩，恰好也转了回来。我们又迎面而过，他们仍然手拉着手。两人说着、笑着，都很快乐。仿佛一辈子，就这样走下去。

## 木船载雪

　　在徐禅堂渡口北段的河边，一株老楮树临水，枝杈纵横，宛若丛生，树下泊一只小木船。由于背阴，还有半船肚的积雪未融。船尾有一条铁索拴在树上，似乎若不如此，这条小木船就会载着这些积雪，悄悄跑走了。

　　烟波浩茫，一舟载雪。飘然而去，不知所终。

2018—2019 年

# 浮世绘

## 穿黄衣服的人

他们谈论哲学，谈论人类。

他们穿着明黄色的上衣，背部皱巴巴的，有浅色的污斑。领口也不干净，有一圈淡淡的灰渍。

黄色的衣服和白色的衣服一样，都不耐脏。

## 流眼泪的人

少年时，他偷偷迷恋过一位少妇的美。很多年后，他又遇见她，她老了。一个漂亮女人的衰老，让人有一种别扭的怜悯。她说起一件什么事情，伤心起来，眼泪直流，他对她充满了同情。因为爱莫能助，又感到难受。但有一个动作，却让他极为尴尬。就是，她哭着哭着，突然抬起手，迅速擤了一下鼻子，并且发出一阵很响的声音。这在他听来，非常刺耳，像某座巨大的建筑物，轰然倒塌了。

## 跳舞的人

那个跳舞的男人，五十多岁，四方大脸，秃鬓。他的身体虽没有发福，仍显出那种中老年人特有的过度性的体态，线条缓和下来，轮廓和棱角不再分明，陡坡变成了斜坡。他每天都来广场，舞技娴熟，当然，是那种非专业性的娴熟。

最近半年，他每次都要领跳一曲"小苹果"，动作十分活泼、俏皮。

好像谁说过，所有的舞蹈，都含有情色的意味。

## 飞翔的人

那个女孩让男孩站好，张开双臂，等她。然后，她猛地一蹦，跳上高高的台阶，再转过来，从上面纵身扑到他的怀里。

青春真轻盈呀。

## 主观的人

他讨厌他，仅仅因为后者的嘴唇太厚。

人对人，要远远比人对其他事物，偏颇、主观得多。

## 羡慕昆虫的人

他羡慕一种昆虫。据说，这种昆虫总是在授精的极乐时刻死去。

他研究哲学，经常皱着眉头。

## 深夜持手机的人

夜深了，灯光暗下来，广场变得空旷。

那些还不回家的人（男人和女人），显出无所事事的样子。他们在清穆的夜色中走来走去，似乎在期待什么，又似乎什么也不期待。

他们手里大都拿着手机，时不时触一下屏，低头看一下。一小片荧光映照过来，但看不清他们的脸和表情，只映出鼻子和嘴唇——一种寂静、清冷、模糊的轮廓。

## 开杂面馆的人

在当地，他曾开过一家非常豪华的餐馆。他意气风发："赚钱不赚钱，先干几个服务员！"

如今，他开了一间杂面馆，自己掌厨。老客户还没进门，就冲他喊："王光棍，来碗面。"

"好嘞——"

王光棍并不是光棍，她老婆皮肤白净，慈眉善目的，年轻时很漂亮。她正蹲在门口择菜，时不时抬起头，笑眯眯地看他一眼。

他老了，已经谢顶，背部变得伛偻。身上天蓝色的长外褂，洗得发白。

## 老烟鬼

那个老烟鬼，为了戒去根深蒂固的烟瘾，用了很多办法，都没能成功。后来，他只好拼命去吹喇叭。结果，他成功了！

## 经验之谈

一个款爷的经验之谈："有什么大不了的事儿？能用钱摆平的事儿，都不算事儿！"

一个色鬼的经验之谈："女人这东西，你真惹不起。你对她来劲儿，她不理你，你不痛快。她对你来劲儿，你不理她，你感到麻烦。两人都来劲儿，出事。"说这话时，他已经老了，整个人被包裹在松垮的皱纹里，只有眼睛还年轻。

## 文艺性的男人

那个自恋的、敏感的、神经质的、文艺性的男人让其他男人讨厌，却颇能博得女人的青睐和同情。由于脆弱，他对一切（尤其对女人）不自觉地抱着一种利用的心理。

## 修辞性的人

一个修辞性的人：他绝望，所以，他夸张。

## 消极的人

他们总是湿漉漉的。他们在暮色中捡拾生锈的针尖，怀抱一团虚无的乱麻，在忧伤的自我的绸缎上认真而盲目地绣花。微风吹过，他们产生无数个精细的黏腻的颤动。

## 拍摄花朵的女孩

紫藤花开了，一个穿浅蓝牛仔裤的女孩子拿手机拍摄，她举着手臂，踮着脚，细长的腰身很好看。

紫荆也在盛开，浑身上下贴满花朵。

## 冬天暮晚女人的身体

暮色降临，华灯初放。又阴又冷的冬天。有的女人的身体，看上去给人一种温暖的感觉。——恍若某种深刻的慰藉。

# 小城女人的臀部

小城女人的臀部，每到冬天，便普遍变大。

## 她

开始，她拼命地爱自己，后来，她又拼命地爱孩子。

## Z 说

Z 说，一颗一颗吃樱桃，就像吃珍珠的感觉。

## 阴影游戏

一个小姑娘，十六七岁，不可能更大。长发、绿衣、黑紧身裤、高白筒靴。肤色微黑，大眼睛，鼻子小巧玲珑而又挺拔，下巴圆润短小，这些使她整个面部神情显得活泼俏皮。她和一个差不多同龄的小伙子从外面回来，一前一后，噔噔噔爬上通往二楼的露天铁筒楼梯，然后拐进靠南边的那个房间。小伙子穿着浅褐色 T 恤、蓝牛仔裤，小平头，正方脸。小姑娘是一家化工厂门口卖小笼包子人家的女儿，小伙子的父母是化工厂职工。傍晚，他们又从外面回来，站在楼梯上的一片三角形的阴影中接吻。那阴影来自一条突出的由水泥楼板搭建的长走廊。其他地方亮着深深浅浅的灯光。

## 长途汽车

长途汽车上，她侧过脸，问他："你知道'其貌不扬'的意思吗?”然后用纤细的食指在前面的椅背上快速地写下这几个字的笔画,他笑着点点头。她告诉他说:"我老公就是'其貌不扬'。"

她主动向他谈论很多家庭琐事,从她的谈话中,她老公给他的印象是,精明,能干,专断,琐屑,敏感,过于自尊,爱吃醋——甚至达到不合常理的程度,对她有极强的控制欲。她想摆脱他的控制,但又明显克服不了自己长期以来养成的依赖习惯。

她的脸很平,线条不突出,但微笑时很可爱,有一丝那类胳肢窝下过日子的小女人常见的天真,虽然是两个孩子的母亲了,却仍隐隐保留着一种小家碧玉式的少女神态。

路边,盛夏的浓荫排山倒海地掠过车窗。

## 小型暴发户的老婆

她是一个小型暴发户的老婆,喜欢言必称老公。她怀着自豪感向别人谈论老公喜欢足浴,尤其爱提老公经常往家带袜子。——"嘀,袜子穿不完,俺家里扔得到处都是呢!"

年纪轻轻,她就开始喜欢忆苦思甜了。——"谁知道俺家能这么有钱呢,以前骑个自行车,还是俺姐给的,现在俺的车,几十万呢!"

她很善良,一点亏都舍不得让别人吃,但自己吃一点亏,又总是耿耿于怀,到处乱说。

## 抱孩子的女人

她抱着一个脏兮兮的孩子,她单薄的身材带着孩子气。她丈夫细长脸,少白头,身材也很单薄,显得猥琐,坐得离她远远的,看她累了,就把孩子接过来。但孩子不要他,两腿乱踢乱蹬,身子一拧,张开大嘴就哭,满脸通红,鼻子眼睛挤成一堆,像个蛮横的小老头，他又赶紧把孩子丢给她。突然，他说："那儿，你妈。"

一个干巴巴的中年妇女在大杨树下站着，脸上没有多少表情，推着一辆旧自行车，在向他们张望，风把她的衣服刮得直飘。

孩子不哭了，她想喊："妈。"但嘴唇动一动，又咽了回去。

## 老太婆的披肩发

老太婆拖着长长的披肩发，看上去有点别扭，让人为她感到难为情。

## 她 们

她们的存在看上去那么饱满，那么美，那么娴静和安然。她们对生活始终如一地热爱，让她们成了生活本身……

而他们的欲望让他们变得空洞。精神世界的疲倦，令生命变得丑陋和荒芜……

## 听上去很美的事

听上去很美，其实很平淡的事是：青梅竹马，郎才女貌。大多数的景点，大多数的时髦读物。相恋很久、毫无悬念的新婚之夜，被大肆渲染的性事。

## 不好看的东西

高高挺起的肚子仿佛要独立于人体之外，看上去有点秽亵，里面似乎满是不洁的东西（弥勒佛和孕妇的除外）。

有的人的嘴角，看上去也有点秽亵，总是不干净的样子。

## 不同态度

丑陋的猴子有一种病态的美吗？孩子们喜欢它，成年男人们则很厌恶。女人们呢，不好说，她们在猴子面前略作停留，也许在脑子里搜寻，她们认识的男人中有谁与这个家伙长得隐隐约约有点相似。

## 永恒幻想

男人最大的幻想是女人；女人最大的幻想是男人。

## 结　果

男人希望从女人身上寻找到慰藉，女人希望从男人身上寻找到慰藉。他们彼此走向对方，仿佛各自推开一扇虚掩的门……

结果——他们并没有得到他们预想中的东西，而是满屋其他的杂物。

2013—2016 年

第二辑
**浮 尘**

# 时光小城

## 我和一个小公园的编年史

很久以前，公园就出现在我的日常生活中了。

第一次见到这个公园，应该是 1989 年夏天，那年我 16 岁。我和一个姓王的朋友一起从家乡坐汽车到县城，那是我第一次到县城。在这之前，我最远的地方只到达过家乡的小集镇。这也是我第一次远行，它有一种近乎生理性的快感。那个朋友我现在忘记他叫什么了，只记得他姓王。一路上，他显得远比我富有经验，因为这是他第二次到县城了。

到了县城，我果然不出其所料地迷了路。如果不是和他一块儿，我到公园的历史可能还要向后推迟。即使现在，我一个人也还是缺乏远行的勇气，我是一个在现实生活中缺乏创新和冒险精神的人。

我第一次到县城不是为了逛公园。那次最大的目的和野心是到新华书店买几本心仪已久的书籍，逛公园只是那次县城之行的额外收获。所以，那次逛公园在我的印象中一直比较模糊，像一缕潮湿的气味。

1995 年 7 月的某一天，我和一个叫吴小梅的女孩子吃过午饭，然后到了这个公园。午后的公园很静，公园南面的大竹林里更静，只有阳光、心跳、风声和鸟鸣。竹荫郁郁，很多竹子上被人刻了字。我们在一株最大的竹子上发现有人刻着这样的话："阿霞，我爱你!"

阿霞是谁呢?

我觉得这应该有一个故事，或者说在这儿已经发生过一个故事。

现在，那片竹林已经被人砍去了，取而代之的是一幢商住楼。那天临走时，我曾摘下一片冬青树叶，在手心揉碎，然后托到吴小梅的鼻子前，说，你闻闻，有种独特的清香。

我记得吴小梅闭上眼睛，很认真地闻了闻。

我曾在一个笔记本上看到这样一小段记载："2001 年 3 月 23 日，上午，阳光正暖，带妻女去小公园游玩。园内寂然，樱花已残，桃花尤艳，折一枝，插入女儿的口袋。园西有一杏，白花盈盈满树，和桃花遥遥争艳。"

吴小梅于 1997 年嫁人，我的妻子是宫平。

在这里需要说明的一点是：当时我为什么要把桃花插在女儿的口袋，而不是送到她手中呢? 这是因为，那时她才一周岁多点，她还拿不动那枝灿烂的桃花。

1996 年秋天，黄叶纷飞，天高云淡，这个时期我到公园去得比较多。我常和一个叫陈姓朋友在那儿打台球，那段时间我很闲，整天无所事事。朋友在某个小镇的教办室上班，他刚到那儿，郁郁不得志。

记得他对我说，就说吃饭这事吧，别人请教办室主任，或者教办室主任请别人，他们相互往来，相互利用，你呢（他用第二人称向我描述），刚来上班，小职员一个，手中无权，腰里无钱。人家吃饭时，看到了你，带上你吧，人家本来又没打算请你，你也不能帮人家什么忙；不带上你吧，人家看到你了，面子上又过不去，最后只得轻飘飘地敷衍你一句，"陈伟，我们去吃饭——

你去不去啊?"唉,真难受!——所以啊,一到吃饭时,我就自己先躲到一边去了。

1998 年,他调到了另一个小镇的教办室当会计。这时,请他吃饭的人也就多了。到了 2000 年,他当上该镇教办室主任,从而做到了手中有权,他再也没有时间和我一起到公园打台球了。

有一次,我们在一起吃饭。他对我说,我当这个教办室主任,我手下的人,谁敢不听我的!谁不听我的,我就撤谁的职!我宁愿这个主任不当,也不能丢失我手中的权力。

现在,乡镇的教办室撤掉了,他名誉上是中心学校校长,实际却仍履行教办室主任的职权,他仍然大权独揽。

这些年来,我到公园去的次数比较多。有时是去打台球、打扑克、独坐、发呆、听鸟声。有时没什么明确目的,只是出于一种习惯。有时是感到无处可去,不得不去。

去得多了,我反而感到没有什么值得记忆的了。

去年 5 月的一个早晨,我起得很早,太阳过了一会儿才出来。我很少起早,但那天不知为什么,我起早了。所以,我现在仍能清清楚楚记住它——记住一个早晨。

那天公园里还没有几个人,园子里靠近书画院南侧的那株槐树开满沉甸甸的白花。当我经过它时,突然,听见潮湿的空气中有什么东西"吧嗒"响了一下,我吓了一跳。——不过,与其说我是被这响声吓了一跳,还不如说是被这早晨滞重的寂静吓了一跳。这响声是对寂静的一个巨大的提醒。

我向四周看了看,什么也没有。

过了一会儿,这响声再一次发生了。这下,我以为是大露水珠子从树叶上滚落,但当响声第三次发出时,我才明确得知(是看到,而不是听到),原来是槐花从树上坠落。空气如水,一丝风也没有,是槐花自己在落。落得郑重其事,有一种功德圆满、自行结束的意味。我站住,等待。槐花落得极其缓慢——半天才落一粒。一大粒，一大粒。但地上已经有好多了。记得当时我脑子里蹦出了这样一个句子："槐花无风自落"。接着又立即联想到杜甫的一句诗："林花着雨胭脂落"。落，一种有力的下降，一个清晰的过程，一次看得见的消失，有着笔直的不容修改的线条，一个从有到无的动作。

一粒槐花的坠落在那个早晨成了一次事件。就这样，在那一刻，槐花的白、寂静、响声和坠落惊动了我。

我站着一动不动，倾听，凝视。直到天空出现了太阳，直到太阳的光芒洒满了公园和大地。

# 人来人往的广场

这个广场建于 1995 年，我记不得 1995 年之前这片地方都有些什么了。但可以肯定的是，那时这儿很荒凉。广场建成后，这儿就变成了一个热闹的场合。广场旁边的地盘也开始增值，开始出现更多的门面。

我印象深刻的是，广场刚建成时，它的西侧就出现了一家咖啡店，那是这个小县城第一次出现的新鲜事物。这家咖啡店有一个古朴的名字：老树根。朱红的广告牌上是一棵古拙地向着一轮硕大的金黄色的夕阳倾斜着的墨黑老树。天空深远，有飞鸟和云。大有杜甫"落日邀双鸟，晴天养片云"的诗意。老板是位三十来岁的少妇，徐娘半老却风韵十足，十指纤纤，指甲染得猩红，双臂修长浑圆，左臂上文一只翩然欲飞的虎斑蝶。

第一次喝咖啡，我推门进去，光线变暗。我看见吧台上挂着一张油画，画中人穿着一袭低胸吊带黑色短裙，长发如云，风情万种。我瞪着眼仔细瞅了半天，突然发现画上的人眨了眨眼睛，冲我微微一笑。——我这才知道原来是老板娘站在那幅风景画前。

　　离咖啡店不远处，是一家女性内衣专卖店。店名叫"波涛'胸'涌"。这名字起得大胆、直接、富有挑逗性，带着一点点谐音上的小聪明和小卖弄。从咖啡店老板娘衣饰上的时尚张扬和内衣专卖店名字凸显身体感观的用意，可以看出1992年之后，南方沿海城市开放的商业气息和思想观念已开始向故步自封的内地小城渗透，进而对小城生活产生影响了。开始是蛛丝马迹，稍后便蔚然成风。

　　以前我到广场来，更多时候是因为广场东北面的那家书店。那是一个很有品味的书店，我的很多书都是从那儿购买的。不过，那个书店早已关门了，现在变成了一家服装店。那个书店是三年前由一个女子开的。那女子身材高挑，有种冰清玉洁的气质。说实在的，我以前从来没有见过这么美的女子，现在也没见过，我估计以后也很难见到。如果让我找个词语来描述一下，那么我也只能找到这么一个古典而又陈旧的词语，那就是：花容月貌。她自己也热爱着她的美丽。她结婚好多年了，为了保持身材，一直没要小孩。

　　就是这样一个美丽的女子，在去年夏天的某个晚上，营业结束后，在回家的路上却被一个在小城某家医院实习的卫校毕业生给强奸了。第二天，那个实习生还给她打了一个电话。第三天，他不知她已报了警，居然又到店里来约她。当警察问他为什么要强奸这个女子时，那个实习生答道，因为她太美了，我实在太爱她！

　　如果你多来广场几次，如果你稍稍留意一下，你就能看到，每到早晨7点，一个四十多岁的中年男人就会到广场来散步。他非常准时，简直分秒不差，并且手中总是拿着一个无线电收音机。他一边散步一边收听新闻。他身后还亦步亦趋地跟着一只高大威武的狼狗。他穿着一件深灰色的运动衣，脸颊左上侧有道斜拉下来的长长的刀疤，极为引人注目。刀疤很深，呈褐红色。这让他的神情显出了几分狰狞。每次见到他，我都会对他那道刀疤的来历产生一种好奇之心。每到 7 点 40 分的时候，总会有一个年轻的女子骑着摩托车来找他。他不紧不慢地走过来，从女子手里接过摩托车，然后跨上，同时，那个女子也一迈腿坐在后面，伸手揽住他的腰，接着，他的狗嗖的一下，敏捷地跳到摩托车的前踏板。很快，摩托车启动，一溜烟地向北驶去。

他和那个女子之间，看上去既像夫妻，又像父女。生活总是给每一个人提供着一系列猜不透的谜语。

有一次，那个女子又骑着摩托车来了。我看见车子停下的瞬间，她的头同时下意识地向上一昂。那一刻，她满头的秀发一下子披散开来，露出一个宽大、光洁的前额。当时给我一种豁然开朗之感。

有天下午，周末，我经过广场。在广场中央的那个石雕旁，我看见一个戴眼镜的胖乎乎的小女生翘起一根小手指，在身旁那个小男生的额头上轻轻戳了一下，然后笑嘻嘻地说："瞧你傻呆呆的小样！"而那个小男生呢，却搂住她的肩膀，把嘴凑在她的耳边，小声说了句什么，只见那个女孩子突然面红耳赤，连笑带骂地打了他好几下。那个小男生也不生气，连蹦带跳地跑了。我站住，有点呆了。我不无感慨（夹杂着某种失落）地意识到，生活中的一些事情，不知什么时候已永远不再属于我了，我只能隔岸观火。

1996 年的冬天，我一直居住在城郊那个叫贾顾庄的村子里。那是一个美丽的小村子，我老是觉得，在唐朝的某首田园诗里，我曾经去过。冬天，树木落光了叶子，枝条疏朗，历历可数。天空中时不时飞过一群生机勃勃的花麻雀。阳光明亮，空气清新如水，甚至用手一摸就会粼粼起皱。我每天在那儿随心所欲地读书，写下一些热情而又幼稚无比的句子。有天傍晚，下大雪了，很快，地上便一片白。雪不停地下啊下，夜很静，能听到每一片雪花飘落时的簌簌声。这响声在深夜，十分清晰。

我毫无睡意，我望着外面，鬼使神差般，突然产生了一个想到广场去一趟的念头。后来，这个念头慢慢变得强烈起来，最终无法遏制。

于是，我就出来了。雪花纷纷扬扬，因为雪花，天空显出抒情性的意味。深深的夜，有人在路边打电话，也许是长途。飘雪的夜晚，那么容易让人产生倾诉欲。

广场空无一人，积雪很深，我慢慢走了一圈，又站了一会儿，然后就回去了。其实我来这儿一点事情也没有，不知怎么，竟然感到像是完成了某种使命。要知道，从我的住处到这儿，足足有五公里远。那次积雪在我身上堆得很厚。

## 国泰北路

国泰路实际就是环城西路。

2000 年刚搬到国泰路旁的时候，我不喜欢它的荒落。天刚落黑，路上就冷清清的。后来，习惯了，我又喜欢上了它的安静。

我住在国泰中路，国泰南路去得少，一月只去一次。是去供电公司交费大厅交电费。其他时间我找不出要去的理由。国泰北路我就去得多了，因为我工作的单位就在国泰北路。如果不是因为上班，我也找不出要去国泰北路的理由。这就说明，没有人会无缘无故地去走哪一条路的。

由于上班，除了节假日，我每天要有四次从国泰路上经过。骑自行车大约 30 分钟，步行大约 45 分钟，骑摩托车或打车大约 10 分钟。以前，有段时间，我厌倦了自己的工作，想辞职，跃跃欲试，几次三番，最终没有那个勇气。现在，我更没有那个勇气了。

这几年，国泰北路没什么大的变化。就是在太和中学西门添了两处商住楼，稍南一点开了两个洗车点，洗车点旁边那个晶晶美发中心关门了，我对门的地方，开了一个自行车修理部。修理部旁边那个美丽理发店倒还开着。理发店是兄妹俩开的，我刚搬来时，那个哥哥刚结婚，他妹妹也才十五六岁，长得很秀气，身材也好，就是右脚走路时稍稍有点跛。那时她文静得像一滴水。现在她长大了，模样没怎么变，上次我去理发时，瞅她哥没在旁边，跟她开玩笑，然后说要给她介绍男朋友。她乐得咯咯直笑。她说她已经有男朋友了，我也觉得她有男朋友了，或许不止一个。

国泰北路没什么大的变化，我更没什么变化，我最大的变化就是比五年前老了五年。国泰北路向东拐弯儿的地方，有个木材经营市场，最西边靠外的一家，有个老板娘。据我所知，她的生活也没什么大的变化。五年前我刚从这条路上走过的时候，我就发现她了。她在那棵大杨树下坐着，她坐的是一张竹子做的折叠椅。除了刮风下雨，除了逢年过节，除了冬天，一年中的大部分时间，她都在那张椅子上坐着，反正我每天都能见到她。有时我会望她一眼，有时我当时不知想什么了，会把她忽略过去。更多时候，我对她是熟视无睹。我对她有印象，但从没过多去想与她有关的什么。她肯定对我也有印象，但估计她对我也不会多想些什么。

五年了，我天天经过那儿。我从没有过和她打个招呼的念头，以后也没有这个打算，我可能永远也不会与她相交一言，大家各管各地生活着。很多时候，人与人就是这样隔绝着。五年来，她的椅子肯定旧了许多，她身旁的那棵杨树肯定也粗了不少，她整天风吹日晒的，肯定也会老许多，但恰恰因为我每天都能看到她，我却感到她就那么丝毫没变。

木材市场东面就是中医院。中医院东边，国泰路与太毫路相交，形成了一个小小的十字路口。在这个十字路口上，那个拦车要钱的人，五年来我发现他也没有多大变化。那个人长得嘴歪眼斜，说不清具体年龄。你说他三十也行，说他四十也行，说他五十似乎也能说得过去。他的衣服从来也不曾洗过，脸上灰尘厚厚的。每天早晨，他都来到这个十字路口，手里拿着一根长长的竹棍，眼睛盯着那些南来北往的车辆。当有外地货车经过时，他就颤颤抖抖地走上去，站在车头前伸手要钱，那神态既卑微又顽固。有的司机怕麻烦，见势不妙，立即丢给他三元两元，然后开车走人。有的司机则觉得他平白无故地来跟自己要钱，太不讲理了，就停在那儿跟他耗，直到后面堵车了，才心不甘情不愿地撂给他几个，嘴里骂骂咧咧地走了。就这样，一回生二回熟，时间一长，那些经常跑这条路线的司机居然都和他混熟了。他们对他见多不怪，现在都成了他的衣食父母。我估计倘若有一天，那个人突然不再来了，那些司机反而会产生一种莫名其妙的失落感吧。

很多人和我一样，在国泰北路生活着，年复一年，慢慢老去，国泰北路并不能改变他们什么。还有一些人，他们的命运在国泰北路却发生了改变，或者说，国泰北路改变了他们的命运。

国泰北路每年都要发生十来起大大小小的车祸。两个月前，天气还很暖和，我骑摩托车下班，在国泰北路加油站前面，看到一个老人横躺在马路中央，她是被两个骑摩托车的小青年撞的。救护车还没开来，血从老人脸上缓缓流下来，和尘埃混在一起，慢慢变成紫褐色。老人已经晕迷，她的头偶尔动一下，不是挣扎，而是无意识的。这种不带痛苦的动作看起来更让人难受。肇事者当时就已逃之夭夭。摩托车没有牌照，也没有任何旁观者看到那两人是谁。

我下意识地把自己的摩托车向外推了推。记得那时我设身处地地想道，如果是我，我会不会逃跑？我觉得我是不会逃跑的。

对于这一点，我是可以肯定的。但如果不会逃跑，那么我当时会不会产生逃跑的念头？就算我当时连逃跑的念头丝毫也不会产生，那么，在以后的生活中，当我面对着自己造成的巨大后果时，当我承担着巨大的经济压力时，我会不会后悔当初不曾逃跑？因为只要一走了之，就可以永远不负任何责任了。况且为什么别人可以心安理得地逃跑，我就不能呢？这样一想，我觉得我的灵魂立即受到了考验。

据我所知，还有两个人，最近他们的命运也永远被国泰北路改变了。两个星期前，有天晚上，在国泰北路通往西沙河的那条路上，有两个谈恋爱的人被一群十六七岁的男孩子遇上了，这群孩子大都来自附近城郊这一带。他们每天的生活内容就是喝酒，上网，打群架，抢劫。那晚，当他们碰到那对倒霉的恋人时，他们毫不犹豫地抢去那个男孩的手机和钱包，然后把他打昏，丢在路旁的野地里。接下来，他们并没有善罢甘休，而是把那个早已吓得不知所措的女孩子架到一辆机动三轮车上。他们把那个女孩子拉到远处的一个小镇上，关在一间小屋子里，整整轮奸了一个星期，直到警察把他们逮捕。

那对恋人，从此以后，也许永远也不会再到国泰路去了。国泰北路，是他们永远的伤心之地。

国泰北路，从我居住的地方，到我工作的地方，它很短。有时我觉得，它顶多是哪部小说稿子中一个毫不起眼的句子，无论怎样修饰和推敲，它仍然可以随时删去。但它又很漫长，我每天走着它，已经走了五年。我还没有走完，今后我还要继续走下去。从这个意义上，它又成了一部我个人的史诗。如果我把它在文字中变得具有象征性，那么，我也就成了那个永不停歇的西西弗斯了。我不停地推动着一块叫作"生活"的巨石。

人和人是不同的，别人的生活可以无限广阔，但我的生活却从没超过自己脚掌面积之外的范围。

# 老城区

老城区有四条主街：东大街、西大街、南大街、北大街。如今，这几条大街早就不"大"了，连汽车都无法通过，只能步行。以前的"大"，在三十年河东、三十年河西的变迁中已显得逼仄窄小，但人们还是习惯性地称它们为"大街"。

经济重心的转移，使昔日的繁华变得冷落。老城区仿佛新城区从中脱颖而出后蜕下的旧壳。这几条街的地面是用青石条铺成的，竖排，一条一条，呈流线型。此地处于淮北平原，这些石条从哪儿运来的呢，不得而知。我曾在一篇小说中这样描写过它们："石头被岁月磨去棱角，地面变得光滑如镜，自行车轮子从上面滚过，有时会突然打滑，那一瞬间，你有一种一不小心猝然跌入时光深处，不知今夕何夕的感觉——定定神，街景依然，阳光依然，石头还是那种幽幽的青。因此，这条街最适合步行，最适合慢悠悠地从这头踱到那头。这样，你会觉得日子很安稳、很实在，也很长远，似乎可以细水长流、地老天荒地过下去。"

四条主街又分为许多枝杈：红旗街、育贤街、翰星街、王布政街……这些街如今已算不得街了，只能称为小巷。我的老岳母不识字，有一次，她到老街买香油回来，问我说，王布政街是不是一句骂人的话？我想了想，才明白，她把"王布政"理解成"王不正"了。这也难怪，在古中国老百姓质朴的理解中，"王"一般都不是什么太好的东西。

这几条主街上的铺面都是木质建构。一层或两层，屋顶尖尖，上面是鱼鳞状的火烧青灰小瓦。每间门面都用的是四扇对折朱漆木门，很多门前挂有鸟笼，笼中是黑羽长喙的八哥。如今这些铺面有的已经关着，只是作为一种陈设而存在了。青灰色的小瓦缝里长满了蒿草，朱漆剥落殆尽，木质有的已朽败了。门上

"生意春前草，财源雨后花""大丈夫仁中取利，真君子义内求财"的春联在风吹日晒中倒还仍然鲜红。看到这些，你会觉得时光不仅流水般匆促，石头般恒久，它还是一种木质化的东西，有着斑驳的色彩和幽沉的气味。

还有一些铺面仍在经营着一些手工式的产品，比如小磨油坊、书画坊（我喜欢这个"坊"字，它散发着古老的泥土味和汗味），还有铁皮桶铺子。小磨油坊都在北大街，铺子门前是一口大黑皮铁锅，锅就放在地上，锅里是碾碎的芝麻。芝麻碾碎就出油了，但还需澄清，于是，一个身强力壮的汉子就用一根光溜溜的木棍在里面不停地搅，直搅得天昏地暗、日月无光，整条街都是香喷喷的。除此之外，还有一些小旅社。有的上面就写着"北大旅社"的字样，如果不知街名，还会和北京的"北大"扯到一块去。

书画坊则都在南大街，都是手工装裱。有些精细的活儿，是机器永远也代替不了的。还有人在这儿出售一些古玩之类的东西。这条街上住着一个姓李的男子，瘦高，木讷，三十多岁，在银行上班，工资很高，爱好书籍收藏，人家那才真叫酷爱。我到他家去过，凭他的工资早就可以住上高楼大厦了，但现在他却依然住在一套老式房子的二楼。说是二楼也是顶楼，没有隔热层，夏天能热死个人，冬天则阴暗潮湿，又冷得要命。房中没有多少现代化的生活用品，唯有一排排古色古香的书籍。他的钱都让他用在书籍收藏上了。他光想着爱书去了，顾不得去爱老婆，结果老婆就把儿子带走，和他离婚了。

西大街卖的大都是小吃，只是早晨那一会儿热闹。卖的是早点。现在早点也少了，没有几家了。有家炸油条的摊子很有名，有人早晨专门开着车来吃。街道太窄，车开不进来，就停在其他地方，然后再步行一段路子。一路辗转而来，就是为了吃这几根油条。

80点代末期，我刚到小城上中学时，曾在西大街住过，那时这条街早晨还很热闹。天刚蒙蒙亮，那些卖小笼包子的、卖油茶的、卖油条的、卖茶鸡蛋的、卖煎饼的，通通都起来了。那时的炉子还很少用煤，都用劈柴。火光熊熊，青烟袅袅。那些青烟久久不散，简直让人疑心是从《清明上河图》里飘来的。

东大街现在基本上什么也没有了，铺面大都关闭。80年代末期，这儿曾繁华过一阵子。仿佛一夜之间，这条街上突然出现了一个个理发店。开店的大都是一些年轻的女性。她们对本地人说普通话，而她们之间则讲一种说日语不是日语说英语不是英语的语言。好久之后，人们才知道她们是一群温州人。那时我们这儿对理发这一行业的态度还有所保留，对于女性理发，则近乎看不起了。没过几年，当美容美发成为一种时尚，理发店也就变成了美容美发中心。这时，人们才开始佩服南方人超前的经济观念。记得我刚到小城上学时，有一次到那条街理发。以前给我理发的都是男性师傅，但这次不同，洗头时，当那个年轻的女人柔软纤细的手指滑过我的耳朵时，一种异样的感觉让情窦初开的我禁不住怦然心跳，以至很长一段时间，我都清晰地记着那种感觉。那种感觉既是生理上的，更是心理上的，因而刻骨铭心。

老城区在早晨热闹一会儿之后，在中午和下午就变得非常安静。天空湛蓝，阳光静静照着。石头路面闪闪发光，一条条小巷曲折幽长又环环相扣，像古堡又像迷宫。

秋天或冬天，大地上长风万里，风不能横刮进小巷，就从天空垂直落下，然后再顺着一条条小巷奔跑。风在小巷里东一头西一头地狂奔，却再也找不到出口了，于是越积越多。就这样，到了后来，整个老城区都灌满了风声。深夜，风停了，一轮大月亮高高挂在天空。老城区静悄悄的，仿佛沉在水里。这个时候，睡不着的人就会突然想在这个世上无缘无故地去爱上一些什么。

如果到了下雨的日子呢，下雨的日子经常会发生在夏天。这个时候啊，石头缝里就长出一丛丛茂盛的青草。雨气弥漫，雨点打在石头上，噼里啪啦，显得格外响。而雨也会在春天的某一天落下来，准确地说，不是落，而是飘——在天空斜斜地飘。这时，大街小巷俨然有了某种江南的气氛。

在老城区，在这些枝枝节节的大街小巷，你独自走着，会觉得也许有一个"撑着油纸伞"的人，会从雨巷深处、从时光深处向你迎面走来。于是，你继续走着，你会渐渐忘记你是从历史中的哪一个起点开始的。不过，也许起点并不重要。总之你在小巷里走着。从国破山河在的清末，一直走到水深火热的30年代，再往前走，一直走到1973年的深冬。那一天，白雪茫茫。接下来，这个人就变成我了。接下来，这个人从1973年一步步走成了一个苍凉的男人。走着走着，有一天深夜，他突然意识到，他不仅是一个人，也是无数个人。于是，这一夜，他从一条小巷，同时走向了无数条小巷。

2005 年 5 月

# 时光小镇

## 阮　桥

　　阮桥是一个很小的集镇，离我出生的村子五里左右，十岁之前，我生活的整个世界差不多就是我的那个小村子。阮桥对我而言，是一种遥远而模糊的前景，十岁之后，我才有足够的勇气单独踏上它的街道，世界开始一点点展现在我眼前。

　　十二岁或十三岁那年，我畏畏缩缩地走在镇子的街道上。那是大冬天，没有多少人，街道显得非常空旷。那时，镇子只有一条稍微像样些的街道，东西走向。街道两边的房子稀稀落落，没有房檐，一张张塑料防雨篷伸出门外，由于年深月久，风吹日晒，露出灰白暗绿的色彩。在下面可以看到一个个小摊子，上面零乱堆放着一些日常用品：糖果、食盐、铅笔、纸张、针头线脑。

　　在路北一个小店里，我停下来，向里面张望两眼，然后慢慢走进去。那是一个书店，进门的地方摆一溜玻璃柜台，里面放着落满灰尘的连环画册、田字格习字本、英雄牌钢笔、鲤鱼跳龙门的年画。我怯怯趴在柜台上，看了一会儿，买一本《唐宋名家词选》。那本书里面有很多繁体字，我看不太懂，但它散发出一种独特而神秘的气息。这种气息和我生命某种固有的东西一拍即合。我小心地拿着它，心脏怦怦乱跳。

有两三年时间，我一直沉浸在它里面。我把它慢慢翻破了。应该说，这本龙榆生编选、上海古籍出版社出版的唐宋词选，是本对我影响最大的读物之一。说它影响大，是因为它强化或塑造了我的主要性格，使我对生活和美始终保持着高度敏感。现在，这本书仍然被我小心地收藏着。

18 或 19 岁那年，有人给我介绍了一个对象。姑娘是阮桥西边一个小村里的人，我记不清她叫什么了，好像叫黄素娟。由于第一次相亲，我有点不好意思，还有点激动和好奇。媒人通知我，第二天在阮桥东街一户熟人家见面。头天晚上，我浮想联翩，想象姑娘的模样和见面时的情景，结果什么也没想清楚。

第二天上午，我们见面了。她的个头很矮，留着齐耳短发，看起来单薄极了，神态还算成熟，但身材仍透着一股显而易见的孩子气。我们没说几句话，说些什么，一句也记不得了，反正是干巴巴的，她对我挺满意。但坦诚地说，我嫌她长相太一般。所以也没打算和她继续交往。我记不得她的长相了，只记得她头发上斜夹着一只很好看的银发卡。

分别的时候，天色有点阴，我们站在街头那棵大杨树下。夏天，杨树的叶子绿郁郁的，她一副欲言又止的样子，头上的银发卡亮闪闪的。

听说那个女孩现在仍然生活在这个小镇上。2005 年，她的小弟弟从云南大学毕业，打算留在外面发展。她父母只有这么一个儿子，一心一意想让他留在他们身边，就坚决让这个孩子回到了家乡。实在没想到，他们的这个决定居然变成一个巨大的无法挽回的错误。

她弟弟在县城某家单位实习，由于无法忍受内地小城滞闷压抑、人情关系错综复杂的生活，于是，留下一封遗书，跳楼自杀了。

# 坟 台

坟台在阮桥以北十五里处，单从这个集镇的名字来看，很容易被人想象成是个人烟荒凉的地方。

这个名字其实是一个遥远的传说的结果，既然是传说，就带有无从考证的夸张想象的成分。据说战国时期，在这片土地上，忽生一种奇花。此花状似喇叭，色彩鲜艳，一日三变，异香扑鼻。最奇的是，此花无根无叶，随物寄生，故名无根花。

楚国的一位太子听说了，便欣然而来。不幸的是，赏花期间，太子染上风寒，病故在这儿了，于是安葬在今日一个名叫魏小寨的地方。

为纪念太子，每年农历二月十五、十月十五两日，当地居民便到太子的坟墓前祭奠。人们在这儿唱戏、玩灯、烧香、燃花，热闹非凡。后来，香灰、炮纸在太子坟旁堆起了一个台子。不知不觉，这儿就兴起了一个集市，人们把这个集市称为坟台集。

如今，每年农历二月十五、十月十五，这儿仍逢香火会。最世俗的人间生活就这样在一个遥远的传说之上，根深蒂固地建立了起来。

我外祖母的村子位于坟台以北十里处，坟台是我到那个村子的必经之地。在我十几岁的时候，坟台对我吸引力最大的地方，是街道东边路南的一个私人租书室。租书室的主人是个四十多岁的中年人，四方形的脸，面色微黑，声音略显沙哑。他的藏书以我现在的眼光来看，当然微不足道了。但在那时，无疑是一个巨大的宝库。

差不多有两年时间，我每隔十天半月，都要跑到那儿借书看，他那儿的书定价极少超过 2 元的。一本旧书，押上 2 元就可以拿回去看了，租金一天一角。有好多书我都有借无还。比如马茂元选注的《楚辞选》、余冠英选注的《汉魏六朝诗选》，还有鲁迅的《中国小说史略》。因为这些书在别处买不到，而看一遍又不过瘾。我也不知道，我那时居然对中国戏曲产生了兴趣，就从那儿弄了一本《元明清戏曲研究论文集》。

既然这些书归我所有了，那么那些高出书籍数倍的押金当然也就归租书室的主人所有了。他对我很熟悉，对我那种有借无还的小把戏肯定心知肚明。但他佯装不知，一次也没说破。看来他非常乐意把那些品相陈旧的书籍变相高价出售给我。

坟台还有我一个姓朱的同学，他父亲是当时镇上的教办室主任，算是个有头有脸的人物。我那同学在集镇上长大，是个典型的无恶不作的街痞子。他整天和一帮小混混在一起，喝酒，打架，耍流氓，啸聚山林。他经常津津有味地向我吹嘘他卑劣地破坏街上那些女孩子贞操的详细情景。他总能不择手段地猎获到她们。记得有一次他得意扬扬地告诉我，一天傍晚，在一个臭气烘烘的厕所里，他胁迫一个漂亮的女孩子把自己的初夜奉献给了他。

我对坟台更早更深刻的印象来自十岁那年的春节。大年初一上午，我和村子里的一帮孩子跑到集镇看电影。我怀里揣着母亲给的一元压岁钱，兴冲冲地上了路。要知道，那一元钱，对于当时一个孩子来说，几乎可以称得上一笔巨款。

那个电影院就在镇政府旁边，是个很大的瓦房。电影放映时，厚厚的平绒布窗帘拉下来，房内的光线会一下子变得昏暗，有一种非常神秘的气氛。人们凭着手里的票号，在一排排硬邦邦的高帮椅上坐下来，脸上露出充满期待的神情。我用五角钱买了一张票，剩下的那五角，就是我看过电影后的午餐钱了。

那天，我进入电影院，窗帘还没有拉下来，电影还要过一会儿才能开始，房间里充满人群说话的嗡嗡声。我突然听到后面我的同伴冲着我喊叫什么。但隔着几排椅子，我听不清楚。那一刻，由于兴奋和激动，我变得非常冲动，于是，一跃跳上椅子，从上面向那个同伴跳去。就在这时，那个查票员过来了。他大声斥责我一番，问我买票没有，我说买了。他让我把票交给他，然后说，你严重违反了电影院的纪律，要么罚款五角，要么把电影票没收，你立即出去。

我隐约能意识到这个事情的不合理之处，但他凶狠狠的表情让一个单纯的孩子显得不知所措。这个孩子也让他充分感到自己作为一个成年人所拥有的某种特权和力量。我向周围的大人们投以求援的目光，但我却看到，他们居然都露出笑嘻嘻的神色。我看得出来，他们都在看我的笑话，丝毫没有要帮助我的意思。我的伙伴们也都吓得呆呆的，什么也不敢说。我一下子陷入一种孤立的境地。

当我把自己仅有的五角钱交给那个查票员时，我感到一阵屈辱和绝望。

不久电影就开始了，但自始至终，我都没有获得一丝一毫的快乐，我对那个查票员充满了强烈的仇恨。就是现在，我仍然不能克服对那个人的厌恶之感，我无法原谅一个高高在上的成人对一个孩子的单纯和弱小所进行的无耻利用和侵害。

# 双 庙

出于对自己青春生活的怀想，我对双庙充满感情，我曾在那儿断断续续生活了两年。这个小乡镇，地处县城西北的边界，民风淳朴。一条南北走向的大河，从集镇旁边流过。此河名为黑茨河，原为颍河支流，流经豫、皖两省，水系浩漫悠长。

深秋时节，我从镇子西部的大桥上经过，雾蒙蒙的河水映着灰沉沉的天空，几只孤单的小船静静停泊在水边。西风阵阵，疏杨如画，我心中也浑茫一片。我知道这个小镇绝不是我这辈子的立身之处，但又不知自己最终将会走向哪里。

我在小镇上生活，写诗、幻想、闲逛，与一位轻佻而漂亮的女孩子保持着一种似是而非的爱情关系。那个女孩子身材饱满，肤色微黑，瓜子脸，大眼睛，鼻梁高挺。

从乡政府办公室的窗口，可以看到卫生院东边的那个荷塘。看不到荷花，只能看到岸边一团团绿色的树影。夏天，莲叶田田，满塘红莲盛开，香风骀荡，夺人心魄。早晨，阳光初升，露珠滚滚，我喜欢沿着荷塘散步。我从没见过如此阔大碧绿的荷叶，没见过如此充满生命活力的花朵。这个水塘，仿佛蕴含着一种神奇的、无穷无尽的力量。

后来，卫生院的一位朋友告诉我，每年，他们医院都把一些从妇产科清理出的胎衣、胎盘和引流出的胎儿，埋在这个池塘的淤泥里。他的话给我带来一种极其怪异的感觉，从此我再没到那儿去过。

在这里，我想写一下我那位姓叶的朋友，因为他让我想到了我那曾经的青春激情。

我的朋友那时家住镇子西头，如今他在广东。

在双庙的时候，他狂热地爱上了一位刚刚离婚的年轻女人。那女人的父亲是双庙中学一位退休的老教师，她和丈夫离婚后，带着五岁的女儿，回到了娘家。

有天晚上，在黑茨河温暖的河滩，我的朋友第一次获得了那种对他而言还显得相当神秘的幸福。

那女人比他大五岁，离婚，还带着个孩子，所以，他的爱情遭到了父母的强烈反对。有一次，他母亲找到那个女人，指着她的脸说："臭婊子，请你别再勾引我的儿子了！"

但我的朋友已经欲罢不能了。有好多次，夜深人静，他把那个女人带进自己的房间。

半年之后，情况发生了转变，那个女人突然去了广州。我的朋友也打算相伴而去。他的母亲冲他喊："如果你不想让我立即死在你面前，你就老老实实给我在家待着！"看到母亲那副破釜沉舟的神情，他犹豫了。

第二年，春节过后，我的朋友还是揣着六百块钱，不辞而别。

到了广州，他却发现，那个女人在与他保持着爱情关系的同时，居然还另有所爱。也许在此期间，她对他们之间的关系，已不再抱有希望了。

我的朋友悲痛欲绝，愤然和她分手，只身去了东莞。

那个女人留在广州，和另外一个男人同居，后来他们生下一女，但不久那个男人就遗弃了这对母女。于是，那个女人只好带着幼小的女儿又返回了家乡。

过了两年，她的第一个丈夫又和她复了婚。如今，他们在县城一家中学附近开了一个文体店，和众多寻常夫妻一样，过着平凡的日子。

2007 年，我曾见到过这个女人。这么多年过去了，她显得有些憔悴，但从她身上，隐约还能看到昔日那种妩媚多情的风韵。

2008 年 2 月

# 时光小村

## 巧 巧

那年我十岁，住在小姨家。那是个美丽的小村子，只有十几户人家，绿树成荫，清溪环绕。小姨的婆嫂有个女儿，叫巧巧。巧巧爱拿着针线到小姨家串门，她和小姨最能说到一块儿。

我喜欢看她纳鞋底的样子，那种细致小巧、不断重复的动作有一种说不出的温柔。她抬头的时候，眼睛真大，水灵灵的。

她家院子里有棵柿子树，夏天，我闲得心慌，就用小石子瞄着探出围墙的青枝绿叶砸那些小柿子玩。巧巧听到响声，不知道是谁，就气冲冲地跑出来。一见是我，应了一声，忙把我拉到一边，低声说："还不快走！想让我妈骂你是不是？"

她妈在村子里出了名儿的厉害，人们背地里叫她"厉害王儿"。我很怕她。我冲巧巧吐吐舌头，一溜烟地跑了。

我一口气跑到村长家，去看那个小木匠干活。他是临村人，是个孤儿，和巧巧是同学，正在给村长家做大方桌。他还会吹笛子，有天晚上，巧巧曾求我让他吹笛子。她想听，但又不让我说出是她的主意。

秋天，柿子熟了。

柿树叶子比花儿还要美，风一吹，一个劲地往下掉。叶子落光，满树就只剩下密密的柿子了，又红又亮，像一个个小灯笼。

巧巧给我送柿子，我听见小姨悄悄问她："你的事你妈同意了?"巧巧摇摇头，眼圈慢慢红了。小姨叹口气，拉住她的手，不再说话。

不久，听说巧巧病了，但小姨说是被她父母打的。我去看她，她正躺在床上，干瘦干瘦的，脸色黄亮，只有眼睛还是那么大。

那年冬天，下大雪，雪很厚，地上一片白。雪一停，天就放晴了。

人们是在雪停后的第二天才得知巧巧不见了的。

有两行脚印歪歪扭扭地通往村外，那天夜里有圆圆的月亮，有人说似乎还隐隐听见了竹笛声。

# 空　巢

和大多数农村男孩子一样，小时候我也喜爱各种各样的鸟儿。我羡慕它们能够在天空自由自在地飞翔，但和其他小孩不一样的是，我从不用笼子或绳子来表达我的爱。

我在小姨家生活，小姨家房后有棵枣树，高大茂盛。那年夏天，麦子刚断脸儿，我每天总能听到树上那对夫妻鸟一声一声地欢叫。它们的歌声一波三折，欲断还连，婉转至极。我昂着脸，侧耳倾听，往往听着听着就走神了，心里不知不觉就想到了远处。

那天我又在树下呆站，听黄鹂的鸣唱。一阵风吹过，枣树细碎的叶子水波般粼粼闪动，树叶的隐蔽处一个精致的鸟巢就暴露在我的视线里了。

接连几天，我一直在树下胡思乱想，想着想着就一个人微笑了。

小姨家院子里有棵香椿树，树下有个亮晶晶的小口井。树身绑着一个木头钩子，钩子上挂着一个青铁皮筒子，小姨每天用它提水洗菜做饭。

晌午，大人都下地去了，只留下我独自看家。

听着房后黄鹂的叫声，现在我更迫切想让它们来到这个院子里了。我想，这样整个夏天我都可以更近距离地接近它们——不，几乎可以说是拥有它们了。

但怎样才能让这对鸟儿心甘情愿地过来呢？这几天我一直都在考虑这件事。

现在，我突然想通了。我自作聪明地认为，只要把它们的巢迁来，就什么事都解决了。

想到这儿，我立即跑到房后，手脚并用地爬上那棵枣树。当我穿过层层叠叠的枝杈，忽然响起一片密集的嗡嗡声，我本能地抬头一看，天哪，竟有一窝大黄蜂。那些拖着长枪的家伙随时都有可能向我发动一次全面进攻。我吃过它们的亏，只好绕道而行，利用那些侧枝，小心翼翼地往上爬。

当我把鸟巢放在怀里，我听见两只鸟儿发出惊慌的悲鸣。

我挥挥手，满不在乎地告诉它们，怕什么，我只不过给你们搬搬家，让你们离我更近些。然后，我就把巢安放在小姨家的香椿树上了。

我扬扬得意地等待那对夫妻鸟到来，但它们悲鸣了一阵，展翅飞去。

那段时间，我天天等待它们，但它们始终没有随巢而来。我只好再次冒着被黄蜂进攻的危险把巢送回原处。

让我想不到的是，它们再也不回来了。

那个巢天天空在那儿。秋天，枣树落光叶子，巢显得孤零零的。有天夜里刮了大风，第二天早晨，我看到那个鸟巢落在地上。踩着厚厚的黄叶，我把它紧紧搂在怀里，心酸极了。

# 红樱桃

那年我住在小姨家。

那个小村有很多樱桃树，村里村外到处都是。也许与土质有关，在那儿，樱桃树极易成活，不小心随手丢下一粒樱桃籽，不多久就能长成一棵枝繁叶茂的樱桃树。树上挂果，果实又大又甜，光润如玉，灿若繁星。别的村子也出樱桃，但和这儿的相比，可就差得远了。

一方水土养一方人，村人每年的主要收入就是靠卖樱桃。只要樱桃卖上价钱，一年的油盐酱醋就不用发愁了。

春天，樱花盛开，到处都是，真多。树上繁繁开着，空中纷纷落着，地上厚厚铺着，人就像生活在一大团云彩里。

五月初，樱桃熟了。

樱桃熟时最怕下大雨刮大风，雨水一浇，樱桃皮儿就破了，一破隔夜就坏。坏樱桃裂着口子，果肉外翻，像回忆里某个无法痊愈的伤口，于是，只好把它们丢掉，真可惜。

若是碰上刮大风，樱果就会落得满地都是，落的都是向阳枝上熟透的，都是顶好的。一下子落得太多了，拾起来到镇上卖，卖不完也不经放了，只能贱价出售。

小姨有家关系极好的邻居，邻居家有个爱笑的大眼睛女孩。女孩的名字叫红霞，她爸爸很会侍弄樱桃树，她家的樱桃树挂果最多，年年都比别人家的早熟几天。

她家有头老黄牛，耕地时，累得呼呼直喘，两个大鼻孔好像都不够用来呼吸了，让人看着替它着急。老黄牛总想停下来休息一下，但它的步子稍稍放慢，红霞的爸爸就用牛皮鞭子抽打它。一鞭子下去，牛毛立马就齐刷刷地竖起来。可怜的老黄牛紧走几步，又拼命向前拉去。

　　我体弱多病，性格又内向，村里的男孩子都不愿意找我玩。我常常一个人在樱桃林子里待着，一待就是大半天。

　　有一天，我又在樱桃树下呆坐。红霞来了，悄悄在我身边坐下来，问我："人用牛的皮做成鞭子，然后又用来打牛，这样对吗？"我说："不对。"她想了想，叹口气，说："我也感到这样不是个理啊！"

　　她老是认为我比别的男孩子聪明，有些话爱找我说。时间一长，慢慢地，我有些话也爱找她说了。

　　那年樱桃熟时，红霞的爸爸下地干活，有只脚被犁铧割伤了，整只脚皮开肉绽，骨头都露了出来，白花花的，很厉害。红霞的妈妈在医院里伺候伤者，出不来，卖樱桃的事情就只好交给红霞一个人了。

　　一天上午，天阴得很重，我帮红霞到镇上卖樱桃。我们提了满满两大竹篮，每个竹篮上盖了一大把青翠的樱桃叶子。刚到镇上不久，雨就下了。雨水很暴，樱桃经水一淋，更鲜更艳了。我和红霞打的那把伞经不起雨，很快，身上就淋湿了。

　　樱桃看来卖不出去了。

　　红霞那双大眼睛一会儿看看我，一会儿看看樱桃。我们都不说话。

　　我们感到初夏的雨水有一点凉。

2004 年 10 月

# 叔叔的病

听说叔叔来县医院检查身体，我并没放在心上，因为在我的印象中叔叔的身体一直很好，经得起摔打。我总觉得这辈子七老八十地活完，他的身体都不会出什么问题。晚上，弟弟打电话，说叔叔想我了，让我去。叔叔从来没有对我流露过这种感情，我就问，什么病？弟弟说，食道癌。

大街上人来人往，一切都和往常一样，但我怔怔的，老感到很空，好像少了很多东西。我到了父母家，叔叔躺在客厅的硬沙发上，瘦，瘦得有点脱相，不像他了。他的头发乱蓬蓬的，不知有多少天没梳过了，像荒了一秋的草。

在此之前，叔叔到乡镇医院检查，医生觉得是癌，但不敢确诊，就让他到县医院。他自己买了本医学小册子，对着自己的病看了看，越看也越觉得是癌，于是悄悄买了安眠药和农药，打算偷偷死在外面。他怕痛苦，也怕花钱。那天，他在自家麦田里躺了一上午。后来，又回去了。他才四十出头，也怕死。

他见了我，露出笑容，竭力想坐起来。看得出，他有点拘谨，反而不像我的长辈了。

我们商量住院事宜，反复向他保证，放心，你的病很好治，我们这种轻描淡写的态度慢慢让他放了心。我们说，你的病不是癌，但必须做个小小的手术。一说做手术，他突然又紧张起来，说，做手术时，你们都要到啊，说不定我就回不来了。

别胡想了，我们说。但说过后，我们突然感到无话可说，一时沉默起来。

后来，我妻子和女儿也来了，女儿喊他爷爷。他一高兴，有了精神，居然能坐起来。

他说要喝点水，我给他倒杯水，他又自己站起来，摇摇晃晃向门外走，婶婶忙扶住他。他在门口站站，什么也没做，也没说，他只是想看看外面。天很黑，没有什么好看的。然后，他慢慢转回来，躺到沙发上，累得直喘气。他捂住胸口，对父亲说，哥，我的胸口怎么这么热？父亲比他大十多岁，他这一声哥，听起来透着一种孩子气的深深依恋。就像天快黑了，一个慢慢落在后面的小孩竭力想拉住前面那个大人的衣角。

父亲说，身子虚，就这个样子，明天住院，就什么都好了。

第二天入院，叔叔躺在病床上，6 床。他只能喝一点点水，但还可以说话。他的嗓音沙哑，似乎是他的声音病了。他故意装出满不在乎的样子，对我笑着说，我感到比昨天好多了。他的笑容里深藏着那种自知自身情况不妙，但又不能明确猜出病情的病人特有的下意识的求生本能。他知道大家都在尽力帮助他，因此感到不安，有一种突然丧失生存能力又想活下去的人特有的底气不足。他在依赖着这种帮助的同时，又不能心安理得，似乎隐隐担心着大家有朝一日会突然抛弃他。于是，他尽量强打精神，故意大声地说笑。

我担心他说话太多，消耗他不多的精力，但又觉得现在在这种情况下，他想说什么就应该尽量让他说点什么。十一点半，母亲来了，叔叔本来正有说有笑，这时忽然失控地哭了。他把瘦得骨结突出的大手罩在脸上，不让我们看到他的表情。他的胸口急速地抽搐着，但接着他又极快地克制住了，重新露出笑容，竭力装出高兴的样子——并为自己的失态感到不好意思。

护士给他输液，她说，给 6 床吊水。叔叔暂时失去了自己的名字，他变成了一个空洞的代号：6 床。当人的身体被当成一种客观事物时，人的羞耻感似乎也随之丧失了。与 6 床相邻的 7 床是一个患子宫瘤的中年妇女，下午 2 时左右，她在丈夫的帮助下吃力地偏转过身子。当她掀开被单时，从对面窗子里斜射过来的明亮的阳光，把她的红色内衣照得格外鲜艳。我低头看报时，听见她响亮的小便声。在她对面的 8 床上，有两个男人仰躺着，估计并没睡着，但至少表面上看来是睡着了。

叔叔住院的第一夜，由我来看护，夜晚的医院很静。当然，这里说的静是指相对而言。偶尔也有哭叫声、呻吟声、说话声，但还是让人感到很静。这是一种说不出的特殊的静，冰凉、客观，没有温度。在这儿，能隐隐听到医院外面大街上喧嚷的市声，但总有一种隔绝感，与世隔绝。

输了两天液，叔叔感到身上又有了点力气，与前几天相比，他感到好多了。他还是不能吃饭，但吃饭的欲望却非常强烈。他说，只要闻到一点面味，他就觉得舒服。我给婶婶送饭，他摆摆手，对婶婶说，你到外面吃去，我看着心里馋。

我们喂他一点面汤，他咂着嘴说，真好喝啊。

输完液时，他可以下床走走了，他觉得原来的危险只是虚惊一场。他的病并没有什么大不了的，甚至一度动了出院的念头。

他不知道，这只是药物的暂时作用。

叔叔的心很细。记得小时候，我们俩夜晚睡觉，他擦燃火柴点煤油灯，灯点亮，他把火柴梗小心地抛在床前。他瞪着眼看火柴的余烬熄灭后，仍不放心，又从床上跳下来，再踩上一脚。他笑着说，这样就不用担心失火了。但就是这么一个细心的人，住院以后，却从未打听过自己的病症。也许真的没什么大病，以前只不过是自己多想罢了。他相信，一切都会好起来。

　　第三天，医生决定给病人进行手术。下午一点，我们把叔叔送进手术室，麻醉师让婶婶在医疗合同上签字。婶婶此时深知厉害，紧张得一时忘记了自己的名字，她结结巴巴地问母亲，我叫啥？

　　手术室的门关上了，婶婶蹲在门外，一种生离死别的感觉让她痛哭失声。

　　五点左右，医生出来了，说，手术很成功，我们终于松了一口气。那种在手术室外等候的过程中一直压在心头的曲终人散的感觉，一下子消失了。

　　我问医生，手术成功，是不是说已经根除了癌细胞呢？

　　这是不可能的，医生做了一个明确的手势，说，这种成功是相对而言，也就是说，如果不手术，或者手术失败，病人最多只能再活一个月。但现在，如果没有其他意外，病人的生命至少可以普遍性地再延长几年。顿了顿，他又说，当然，也有例外，也有人手术后又活了十多年。

　　这就好，尽管一切还是必须得去面对，尽管还是无法彻底改变那个残酷的结果，但无论怎样，至少现在，我们觉得希望又重新回到了我们的生活，回到了我们的心里。这样，我们就有办法重新恢复我们对于生活的自信。

2005 年 6 月

# 三姐妹

从小镇向北，一条路走不到头，就到了邢小庄。很多路都走不到头，走到头，天就黑了。

三姐妹就住在半路。

一条乌黑发亮的小河，一片绿沉沉的竹林子，沉默的家畜。风弯弯曲曲地吹来，落叶向上飞，灰尘浮动。路上是上一个雨天留下的一个个脚印子，再大的风吹过，脚印子都飞不起来。

她们家有个四四方方的大院墙，院墙前耸着一座高高大大的门楼，很气派。门楼上贴着带花纹的墙面砖，门楣上是四个红色的"幸福之家"字样，瓷釉烧制，不怕风吹日晒。

这三姐妹都有一个美丽的身体，她们因为长得好看，名声传得很远。传到后来，传的却都是坏名声。

男人们喜欢她们的身体。

她们没有其他东西，也就只有自己的身体，于是，她们就利用自己的身体挣钱。开始也许是不自觉的，身不由己，后来，就变成有意识的了。她们的身体里慢慢堆满了黑夜和石头，而开始，则是阳光、梦呓、幻想和爱情。

她们的母亲头发花白，像只老母鸡，安稳、土气，有着零乱灰暗的羽毛，我没见过她们的父亲。

那天，一个染浅黄头发的女人骑着摩托车从镇子的大街上驶过，那个女人一只手握着摩托车把，另一只手的手指间夹着一支烟，很优雅地吸着。天蓝色的水洗牛仔裤，淡褐色的半大上衣，上衣有着宽大的翻领和半抽象的花纹，看上去极有雕塑感。

她身上有股对什么都不在乎的劲头儿，看人时额头不自觉地微微昂起，眼角稍稍向上挑着，她的下巴应该是这世上最好看的下巴。

有人说，这是三姐妹中的大姐。

几年前，她到广州打工，两年后，又回来了，还带回来一个孩子。那孩子又聋又哑，不在身边，被送进聋哑学校。有人说她离婚了，有人说她压根就没结婚，目前还丝毫看不出她有要结婚的迹象。现在，她在镇政府办公室上班，什么都不用做，想去就去，不想去就可以不去，但工资照发。

她很少回家，也很少住在镇里，她总是把自己的身体放在夜晚最松软的角落。

二姐现在南京，曾在老家一个企业老板投资的公司里上班。那个老板我认识，方头，圆脸，微胖，家财万贯，爱说脏话，爱嫖，对婚外生活有着孜孜不倦的热情。

那天下午，我见到了她们中最小的一个，她曾和二姐一块去南京，现在却回来了。

她家院子里扯着一根细铁丝，铁丝上晾晒着很多片大大小小的尿布。那女孩在院中一棵大香椿树下站着，怀中抱着一个刚满周岁的小孩。

她轻轻拍打着小孩，嘴里唱着——

椿树椿树爹，
椿树椿树娘，
你长粗，我长长。

你长粗来做大梁，
我长长来穿衣裳。
椿树椿树爹，
我长你歇歇，
我长你歇歇。

　　她的声音又软又清，像水从心头静静淌过。那女孩的神态有
点稚气，但又透出几分妩媚。以前，她的身材细瘦，臀围窄小，
乳房高挺，很有骨感。现在，她已变得有点丰腴了，体态介于少
女与少妇之间，但别有一番风韵，依然楚楚动人。
　　女孩怀中的孩子是她二姐的。她二姐没有结婚，那孩子是个
男孩，是她二姐替别人生的儿子。那怀中的孩子长得怎么看怎么
像那个企业老板。
　　那女孩望了望我，是很有感应的那种目光。其实这种目光，
只是某种习惯性使然。我觉得我和她之间似乎立即产生了某种阴
影，淡淡的，不成形，有着夜晚和梦想的质地，我的心忽地一下
变成了一道小小的火苗。
　　这火苗在风中忽闪忽闪跳了几下，才慢慢熄灭。

2005 年 11 月

# 还 乡

　　大姑父的父亲病了，很严重，我和父亲去看他。我已经十四五年没去过姑妈家了。姑妈和父亲同父异母，是我爷爷的前妻所生。因为这点，父亲总是处处对姑妈显得格外敬重。

　　快到姑父的村庄，恰好碰到姑父骑着一辆三轮车到附近的集镇上去，他让我们先到家里，自己去买一些做棺材的钉子。他这样一说，我们就知道他父亲病得很厉害了，也没敢多问。姑父的头发开始花白了，说实在的，我不太喜欢他，从小到大，我一直对这个人没有什么亲近感。小时候不喜欢的人，长大后往往很难再去喜欢。

　　小时候我去过姑妈家几次，在我的印象中，冬天，姑父的父亲穿着肥厚的棉裤棉袄，一身黑，臃臃肿肿的，像一株结满疤痕的老桑树，背着粪筐，抄着手，在村头站着，地上是厚厚的小雪一样的白霜，在晨光中晶莹发亮。啊，寒冬里美丽而又脆弱的白霜，河滩上金黄金黄的枯草，黄昏时分从高高的天空中一阵阵掠过的金属般的风声，大地上一个又一个干干净净宛若玻璃般的早晨，麻雀空洞急促的鸣叫，老树林曲折有致的篆刻般的枝条……那永逝的无法追回的时光。

　　姑妈出来迎接我们，在院子里的枣树下，有个人在用电锯切割木板，这是请来做棺材的木匠。电锯发出一阵阵强大的噪声，时高时低，仿佛电锯切割的不是木材，而是一种说不出的更加坚硬的东西。一般来说，木材不会让人产生这种冰冷坚硬的感觉。我们的谈话不时被机器压偏、截断，谈话在交流中变形。二姑父也来帮忙，他是个乐观的中年汉子，一说就笑，翘着两颗显眼的大门牙。他的大儿子在其他乡镇的一所小学当校长，结婚了，两口子都住在学校，一个多月回来一次。小儿子四年前外出打工去了，至今音信全无，四年来，一个电话也没打过。他也不放在心上，也不去做更坏的推测。对于生活中无能为力的事情，他就不去想它，仍然该怎么活就怎么活。他尽量不在自己的生活中留下挥之不去的阴影，我不知道这是不是一种生存的智慧。

　　一个长得很秀丽的女人带着两个孩子过来打招呼，过了好久我才想起这是姑妈的小女儿，她嫁在了本村。五六年前，听说她和本村的一个小伙子谈恋爱，遭到姑父姑妈的强烈反对，但最后他们还是结了婚。婚后不久有了一个女儿，现在超了计划生育，又生了一个儿子。丈夫出去打工了，她自己在家带孩子。小时候，记得她扎着羊角辫，在枣树下玩，眉目清澈如水。仿佛突然之间，她就变成了一个精致的小妇人。

　　姑父的父亲是个闲不住的人，87 岁了，每天仍爱在村子里到处转悠。姑妈做饭时，他就帮着烧锅。姑父家养着几头大猪，由于担心小偷，天一黑，姑父就手持一杆火枪，站在院子外，警戒性地朝空中连放两枪。几天前，姑父在猪圈出猪粪，他父亲想来帮忙，突然就见他靠着一棵椿树慢慢倒下来，姑父忙跳过去抱起他。从这以后，他就不能动了，也不能说话。他们认为，他得了脑溢血。

　　姑妈不停地在我们面前抹眼泪，她谈论着她公公的种种好处，同时又诉说平时她对他的种种孝顺。我们觉得不好怎么安慰她，只好一遍遍强调说：谁能不死呢，他也 87 了，也算高寿了。

这样说着，又隐隐感到某种说不出的不妥。好像一个人，活到 87 了，就没有权利再活下去似的。

姑妈带我们去看他，现在，这位老人躺在东厢房里，这是一间低矮的土房子。姑妈推开门，一股黑暗流水般溢出来。屋肚很深，我们踏进去，好像陷入一个潮湿的过去。好一会儿，阳光才从外面透进来，仿佛一股光明的深沉的旋涡，无声无息，庄严而又有力地在房子当中回旋。接着，我才看到靠着北墙放着的一张木板床，床上堆着一床厚厚的棉被。姑妈拉开棉被的一角，一张老人的面容露了出来。牙齿掉光了，嘴唇向里塌陷，这是一张典型的备受岁月摧残的中国农民式的脸。这张脸上没有多少表情了，或者说表情已被岁月腐蚀得千疮百孔了。残留在上面的是一些经过积淀的类似某种古老的遗传般的东西，比如木讷、本分、畏怯、善良等。这张脸因为迅速消瘦而显得很长，仿佛是某种外在力量作用下的结果。他看到了我们，深深下陷的眼睛从孤寂中发出亮光。他想说话，但喉咙中的积痰把他的声音阻挡住了，只能发出一阵一阵困难的咕噜声，像流水试图穿过堆积的淤泥。姑妈大声冲他喊，他们来看你了，你还认不认识他们？他看看父亲，点点头。我觉得他的神志还是非常清醒的，并不像姑妈姑父所说的那样严重。停了停，他放弃了想要说话的努力，却从被窝里伸出胳膊来。他的胳膊一点点向上伸，然后缓缓摇动，表达着他对我们到来的热情，一种沉重的灰暗的动作，有着岁月的寂静和灰尘。仿佛一辈子的生活重量全都包含在这里面了，因而这种动作显得岌岌可危。

他就像一本摊开的书，我们看到了一个人一览无余的晚年。

窗外那把电锯停了一会儿又响起来，这种冷冰冰的尖锐的声音像一卷细细的铁丝，把人上上下下一道道紧紧地勒起来。

我们到来时，姑父说过一会儿就回来，但时已过午，仍迟迟不归，姑妈也没有挽留我们的意思。病人正处于这种境地，我们也不想在这儿吃午饭，于是又匆匆返回。

　　车子飞速行驶，外面是一望无际的冬天。我喜欢冬天，它清冷，带有理性色彩。同时，它也干净，没有蚊蝇。还有一点，就是，天空中可以落下一场终极意义上的大雪。

2005 年 12 月

# 余 味

那家小吃店坐落在城北一条小巷子里，巷子口有半圆形的月洞门，卷云状的门楣上写着三个隶体大字：潭街巷。街上并没有潭，街名却有一个"潭"字——也许以前有吧。也有很多人把这个名字谐音成"团结巷"。

巷子口西临主街，外面车水马龙，瞬息万变，巷内则显得岁月静好，日久天长。入月洞门，往东，有理发店、成衣店、板面馆、拉面馆，然后老远就看见一个白漆木板牌子在路边竖着，上面是四个红色大字：大馄饨饺。

这家小吃店里的馄饨饺也确实当得起一个"大"字。皮儿很厚，而且宽大，肉馅饱满，方方正正，一个馄饨往往很难一口吃完。城南有家福建人经营的馄饨店，他们的馄饨小巧玲珑，皮儿很薄，透明、晶莹，花边复杂，并且拉得很长，显出一种典型的南方式的精致讲究。这家的馄饨则明显是一种北方特色，戆拙，敦厚，重内容而轻形式。这两家小吃店各具特色，很难说孰优孰坏。本来嘛，这世上很多事物就是不可比较的，比较来比较去，这个世界就变得更加复杂了。

五六年前的一个夏天，三暑天气，奇热，到处都是白晃晃的躲也躲不开的阳光。午饭时分，我经常光顾潭街巷这家小吃店。

我不喜欢一个人在外面吃饭，不从容。但那时我又懒得在家做饭，觉得一个人忙活半天，只是为给自己弄那么一点吃的，不值。那时在外面吃饭，对我而言，属于不得已而为之。杜牧之的"樽前自献自为酬"，看似自得其乐，其实脸上的表情还是透出那么一丝遮掩不住的强颜欢笑。何况我的胃不好，酒量也不行，一个人根本无心饮酒。饮者云，醉里乾坤大，壶中日月长。此中的真意与妙趣，可惜我从来没有体验过。只觉得醉后有种生理性的难受，仿佛噩梦一场。

记得我老是坐在里边那张7号桌子，正对着头顶有一架破吊扇，风扇叶子锈迹斑斑，呼呼啦啦地转动，又艰难又沉重，一副随时都会掉下来的样子。这风扇与其是让人乘凉的，倒不如说它在制造着一个悬念。所以，我一边吃饭，一边时不时无意识地抬头张望，担心它突然落下来。

店里有个伙计，十四五岁，满脸孩子气，一副调皮相。顾客问他年龄，一概回答：十八。有位老顾客就揭他的老底儿说，去年人家问你多大，你说十八，今年你也说十八，你一直没长吗？他嘿嘿直笑，大家也都哈哈大笑。虽然此事并不特别可笑，后来，我渐渐和那位老顾客混熟了，知道他姓李，我就叫他老李。他快五十岁了，有家室，却不喜欢在家吃饭。他非常正直，是个愤世嫉俗的人，一个民间的堂吉诃德，有着根深蒂固、不合时宜的浪漫主义气质，对一知半解的事物缺乏继续了解的热情，同时却又牢牢保持着自己的一些不无偏激的看法。他虽然很少去读鲁迅的文章，却特别崇拜鲁迅。他喜欢喝酒，有一次他说，你猜我老婆怎么骂我，我问，怎么骂你？他说，她骂我——神经病！

第二年，我就很少再到这家小店来了，因为我谈了女朋友，我的女朋友不喜欢吃馄饨饺。那个老李，现在也不知怎么样了。

有一天，我从书店特意买了一本菜谱，这说明以前对衣食住行毫不在意的我，现在开始对具体生活产生了热爱。此时，我已娶妻育女。

前几天，胡乱翻看苏东坡的集子，看到他流放惠州时写给弟弟子由的信札。其中一则谈到自己的饮食，他说："惠州市肆寥落，然日杀一羊。不敢与在官者争买，特嘱屠者，买其脊骨。骨间亦有微肉，煮熟热酒漉，随意用酒薄点盐，炙微焦食之，终日摘剔牙綮，如蟹螯逸味。"文字里有达者的随遇而安和超拔坦然，也有缠夹不清的世情世相。突然间，我就想起那些在大馄饨饺小吃店吃饭的日子来。过去的岁月，仿佛仍保留着一丝值得咀嚼的余味。

2006 年 2 月

# 感　动

　　近来极易感动，有时看乱七八糟的电视剧也会感动不已，虽然剧情漏洞百出，人物心理变化也缺乏最起码的逻辑关系，但还是感动。一个女演员的单纯的微笑，一个男演员的最自然的不属于表演范畴的神情，都能深深打动我，以至于让我忽略掉他们表演技巧上的拙劣。忘记是哪个心理学者的观点了，说容易感动的人恰恰证明其生活之中缺乏值得感动的东西，这似乎有点矛盾，但细想却也不无道理。

　　以前喜欢很远的东西，越远越好，所谓距离产生美，现在喜欢很近的东西。记得有个叫潘军的作家曾在小说中说过，什么是远呢，摸不着的就是远。越近越好，太远的东西知道自己是等不及了。古代的诗人后悔自己对女人的爱，就说，莲子已成荷叶老，看来有些东西错过是抓不住的。对于一个在生活中总显迟钝的人来说，难免心有戚戚焉。

　　近来容易感动，可能是觉得身边值得喜欢的东西太少了吧。

　　对生活的很多看法，不知不觉发生了改变。也不知是自己与生活和解了，还是这些看法被生活修正过来了，也可能与年龄有关。比如，早岁不知世事艰，觉得很多事都可一蹴而就，因此，容易意气风发，但经历世事后，当初的意气慢慢就消失了。

在这个世上，每个人其实都活得很不容易。所以，宽容尤为重要。人生一世，真正属于自己的东西能有多少呢？想一想，并不值得太去做无谓的贪求，懂得珍惜就行。

对很多事物的关注点也不同了，以前看什么是什么，看到的都是表象。若探一下根源，很多事情就都能想通。

闲来读楚辞，仿佛月光千里万里，恍然不知今夕何夕。读《湘君》《湘夫人》，那一刻，我对人世的爱是月光落到水面上，温和静谧中时见鱼龙潜跃水成纹，纯洁得不染纤尘。而内心里却又荡着一圈圈涟漪，唯因爱得纯洁，所以无力把握。

我曾在博客里说近来颇为"忧世伤生"。说实在的，这个词用在我身上，我自己都觉得"酸"，我也担不起这个词。用一个词去概括一个人的某个阶段或一生，肯定空泛无力，以后或许会感到这个词用在自己身上太矫情。但当时并没感到矫情，现在仍没感到矫情，真是顽固不化。相反，倒是有几分感慨之意。

2006 年 2 月

# 小　巷

　　早晨上班，喜欢步行。找僻静的地方走，走老城区，故意慢悠悠的，二十多分钟的路程，走成四十多分钟。这样走十多年了，我还是我。也有很多地方，肯定改变了。但改变了的我，也还是我。

　　老城区住的大都是些清寒之家，祖祖辈辈定居于此。殷富之家都拣高枝儿飞了。砖瓦房，白石灰墙壁，青水泥地面，木头门，去年的红对联儿，石墩子，弯枣树，老石榴树杈上的蜘蛛网，花盆上的苔藓……从这些旧的、小的、静的东西上，能看出一种仔细、平和、安乐、舒缓、清洁的生活态度——某种说不清的带着尘土味的氛围，每每给我带来一种岁月的安稳感，似乎这才是人生中可以稍稍把握的真实。门前大竹扫帚打扫过的路面，布满一顺头儿向旁边斜着的细密纹理，洒点薄薄的清水，有雨后的尘香。

　　有一家院子，从里面贴墙垂下一大架凌霄，入夏即开花，夏天走远了，还在开。我每天路经此处，都能看到新的花朵。

　　小巷北口快结束的地方，有几间小矮屋，屋子里住着一位八十多岁的老人。她什么也不能做了，唯一的事情就是活着。一年四季，除了阴天下雨，除了冬天之外，每天大清早，她就搬个小凳子，静静坐在门口。夏天特别炎热，她也穿着厚厚的蓝夹衫。

老式的蓝夹衫，双层，斜大襟向右压，缀着布排扣。她的一嘴牙早就掉光了，脸上满是老人斑，皱纹纵横，嘴巴向里深深塌陷着，以至于让人无法想象她曾年轻过。年轻多美多短暂啊，尤其是夏天的女孩儿的年轻，一晃，就消失了。

有一次，她居然突然和我打了个招呼。她好像说，你吃过了吧。这是我第一次听到她的声音，这是一个老人特有的性别模糊的苍老的声音。我心里咯噔一下，吓了一跳。"唔唔"，我急忙点点头，答应了一句，也没停下脚步。她以后再也没有和我打过招呼，仍然静静坐在那儿，我也从没主动和她打过招呼。

我有点害怕她的衰老。

大约就是那年冬天吧，有天早晨，我又经过小巷北口，看到东边的一片空地上，停放着一口塔布匣子式的棺材。两棵大桐树，落光了大叶子，空荡荡的。俗话说，哪天不死人呢。死人的事常有，我也没太在意，但后来看到棺材上那几个泥金隶体大字，才引起了我的震动。我甚至还隐隐感到一种古怪的幽默感。棺头写的是：人生如梦；棺尾写的是：今日方醒。这两句话若写在别处，也就无所谓了，也不过只是两句陈言旧语罢了，问题是它们清清楚楚地写在棺材两头，写在这么一个与生命针锋相对的地方——然后叭的一转，却来了一个新的肯定。

这种超然旷达的生死观，实在让人感叹。

我把这两句话存在手机信息里，存了好长一段时间。怕忘了。

好久没见那个老人坐在门口了，第二年春天，也没见。很快，我就忘记了一个老人微弱的存在。又过了一段时间，走在这条小巷里，走着走着，我才一下子意识到，那天见到的棺材，应该就是那个老人的。

2010 年 8 月 11 日

# 草 药

　　很多草药，光看名儿就很好，泽泻、天门冬、王孙、五叶藤、何首乌、益智子、刘寄奴草、赤车使者、积雪草、王不留行、剪春罗、半夏……对于普通老百姓来说，害了病，总归不是什么好事情，但吃的药，倒很有诗意，有的还带有王者气派和富贵色彩。这些草的名字，最初应该是一些草野之民命名的吧，草是低贱之物，长于荒山野岭，栉风沐雨，像他们一样命硬，于是他们就想着给这些草起上一个个好听的名称，画饼充饥。《左传》里有些大富大贵的人，反而喜欢起一些诸如堵狗、彘裘、黑肱之类鄙俗的小名，人大都是这脾性。低贱的生命，好活。这里说的好活，其实往往是不得不好好地活，不好活不行，只有去死。

　　记得小时候喝草药，恶苦。在父母严厉的监督下，面对半碗浓黑的汁水，知道是在劫难逃，只好绝望地一口气喝下，眼泪鼻涕一大把。事后，趁父母不注意，又偷偷地在还没煎熬的药包里挑拣几片甘草吃，仔细地嚼，反复地嚼，直到实在咂不出滋味了，才"呸"的一声吐掉。草药是第一遍最苦，第二遍就好些了，第二遍过后一般就可以丢掉了。但我母亲总是把它们熬到第三遍。第三遍的药汁我愿意接受，再苦的药，熬到最后，都不会再苦了。几大包草药喝完，病也就好了，日子好慢，一点儿一点儿过下去。

古人讲，不为良相，便为良医，此中有通达的济世之心。只是自古以来，我们看到良相和良医非常稀少，倒是贪官和庸医多如牛毛。看来是这良相不好做，良医也不好做。陆游的诗，《山村经行因施药》："驴肩每带药囊行，村巷欢欣夹道迎。共说向来曾活我，生儿多以陆为名。"这里写的是作者晚年居住山阴时的一个生活情景。诗里所写可能有夸大的成分，但并不是全不靠谱儿的事儿。古代讲些良心的知识分子，仕途坎坷，或大志难酬时，很容易转而和人民群众打成一片，那种淳厚质朴的风俗人情对于他们也算是最好的安慰了。

我的肺不是太好，秋冬之交，常咳嗽，近年想到了用草药来调理。现在喝药，和小时候不一样了，已经不怕苦了。我早已懂得了真正的苦并不是药的苦。真正的苦是那种说不出来也不愿意说的苦。真正的苦，在心里熬到最后，味道也不一定会变淡。我到中药房，喜欢看那一个个紫檀色小抽屉上所书的药名儿，那些草药，有的已经认识，有的虽没见过，但似曾相识，那一刻，恍惚感觉自己仿佛回到了百草丰茂、光阴沉静的日月山川里。高天厚土，悠悠人世，山是真山，水是真水。

2010 年 11 月

# 在陈小寨那边

　　我到西沙河散步，常走贾顾庄后面那条路。那条路上树多，挨挨挤挤地长着，每根枝条都自下而上，向天空寻找自己的生存空间。春夏走到那儿，一头钻进这个绿窟窿，就像走进一个长长的绿色通道里，不知何时何日才能走出来。秋天，西风一阵阵吹过，黄叶满天纷飞，世上的秋天似乎都来到这儿了。

　　有时呢，我也走陈小寨后面那条路。那条路穿过一片很大很大的田野。那地方很开阔，秋天或冬天，人走在开阔的地方会感到有点孤单。大地变得荒凉了，天空又高又蓝，早晨有雁阵"呀呀——呀呀——"低鸣着忽闪忽闪地匆匆飞过。天光下，人的影子细细的、薄薄的，风一吹似乎就能把那影子像一片叶子似的吹到天边——再也回不来了。秋尽冬来，大雪从天而降，大地一片白茫茫的，一切都消失了。夏天就不同了，这儿的开阔让人的心变得亮亮敞敞的，人走在这儿，仿佛心里还装着另外一个天、另外一个地，在这另外的天地里，阳光永远明晃晃地照着。陈小寨这个村子的名字也很好听，带着一种旧时代社会生活的烙印——天苍苍，野茫茫，兵荒马乱，世间的儿女珍惜着自己仅有的那一点儿生命，紧紧搂住怀中那一点点幸福和温暖。其他的一切都顾不上了……

陈小寨后面那条小路，年年夏天，都长满芨芨草，我经常赤足走在上面。草丛里藏着蟋蟀、蚱蜢和其他很多叫不出名字的小生命。今年夏天，长久无雨，草叶稀少，路面有点荒落，起了细细的飞尘。但只要下一场大雨，整个小路就会重新变绿。

从东到西，快走到河坝时，又有一条小路从南边的村子里伸来，和村北这条小路交叉而过，村南来的这条路拐了几个弯，最后通向东北方向的那座教堂。交叉点北面是一条水渠，渠道边长着一棵野柿子树。树不大，蓬蓬地长着，枝杈散乱，去年枝上结了七八枚果子，我曾低头仔细数过。今年此树仍没长过我的头顶，但果子却结得数不清了。

陈小寨北面这条路继续向西延伸，一直通到西边的沙河堤上。那段堤坝长满青竹，今年又迸出无数条新笋，新笋又细又长，没有多余的枝叶，绿莹莹的。竹子成长的速度真让人吃惊，它们从地下一下子就蹿上了天空，似乎还带着隐隐的呼啸声。

我从这条路上走时，还经过一户人家的房子。

那户人家就住在村后的田野上，离村子很远，孤零零的，像个走散的孩子。几年前，当我刚从城东搬到城西时，我第一次顺着这条小路向西走去。走过那户人家，我看到一个小男孩和一个小女孩在房后的路边安静地坐着，这两个孩子看样子是兄妹俩。风在不远处的玉米叶上沙沙地响，男孩望着高高的天空，女孩望着自己的哥哥。由于长年生活在一个空旷寂静的地方，远离繁华热闹的人群，他们的神态流露出一种原始性的单纯，眼睛里闪着一种来自大地深处的类似寂寞的东西，这种东西仿佛一出生就带进他们的生命了。当时我想，在这种环境中成长的孩子，长大后肯定都会变得沉默寡言的。想到这儿，我心里有点难过。

每一个夜晚，这片天地都会很黑很静。风一年一年从田野深处吹过，连月光和星辉都是清冷的、寂静的。一种古老的充满天地之间的寂静。

　　有一次，我又经过这儿。突然，从院子里蹿出一条大黑狗，冲着我不停地吠叫，我显得不知所措。那个男孩子急忙跑过来，对着那条狗斥责了一通，那条狗立即乖乖地躲开了。我向那个男孩子笑了笑，他也对我笑了笑，他的笑容有一种农家子弟特有的友善和质朴。

　　后来，我每次从那条小路走过，看见他就对他点点头，打个招呼。

　　去年夏天，我去散步，遇雨了，就躲到他家里。他叫小军，他妹妹叫小丽，他父亲几年前死了，他们和母亲生活在这儿。

　　小军的父亲曾在县城酒厂做工，酒厂效益不好，没有资金做广告宣传自己的产品。新任厂长突发奇想，就从外地购买了一架小直升机，就是那种只能坐一个人的类似热气球似的机器，马达嗡嗡响，飞不高，能清楚看见操作员下垂的双腿、脚上的鞋子和迎风舒展的红丝带。丝带上写着："喝酒喝好酒，好酒只喝××××"的字样。

　　小军的父亲就是这架小飞机的驾驶员，别人怕冒险，都不愿意开，但是小军的父亲却愿意。不是说他不怕死，也不是说他看不出这份工作的极大的危险性，而是因为这份工作工资相对较高，对他一家人的生活非常重要。对于很多农村人来说，生活只能迫使他们做出这样的选择——要钱就不能要命。

　　就这样，小军的父亲过一段时间就开着这架小飞机到附近几个县城上空绕几圈，宣传他们酒厂的产品。

　　三年前的冬天，果然出事了，机毁人亡。小军的父亲死得很惨，尸体摔成了肉泥，都没法去收拾了。酒厂没有钱，亏损两千多万，也没给他们多少赔款。

　　陈小寨东头，离小军家大约一里多地的地方，还有几户人家，其中有户人家房后种着几棵大杨树。去年夏天有一次，我从西沙河散步回来，天刚刚擦黑，我经过那户人家时，突然隐隐听到某间屋子里传来一阵阵号哭声。但那声音又没有正常人发泄时的凄凉，只是好像很压抑，带着某种习惯性——对了，就像疯子的声音。那户人家的院门紧闭着，院子里没有灯光，整个房子都陷入黑暗中。我的心有点发紧，不由得停下脚步，但再仔细听时，那声音又没有了。

我站了一会儿，房子静悄悄的，什么声音也没有。

而刚才我可是明明白白听见的，不可能是幻觉！对于这点，我坚信不疑。我又好奇又疑惑，但站了好长时间，那种声音却再也没有传来，我觉得这座房子里充满一种说不出的神秘气氛。

第二天早上，我不能释怀，又特意来到这儿。我在这儿待了一会儿，仍然什么也没发现。大天白日的，那座房子和很多农家房子没什么两样。

以后一段时间，当我经过这儿时，我都不由自主地向这座房子看一看。我对那天的号哭声记忆犹新，耿耿于怀。

有一次，下午，我又从那儿走过。那次，我看到院门敞开了。那是一个很大的院子，地面铺着水泥，南面长着一棵石榴树，东侧堆着一大堆麦草，这是一个再普通不过的农家院落。一点也看不出有丝毫特别之处，这使我开始对那天的声音产生了怀疑。

那声音到底是不是真的呢？我变得将信将疑了。

又过了一段时间，也不知多少次经过那儿了，我看到那户人家一直平静地生活着，什么也没有发生。有一次，我看到一个中年妇女穿着白底碎花衣服，端着一盆猪食出来喂猪，她靠着树干，和她的两个邻居笑着打招呼、聊天。

时间长了，我就什么也不去想了。

经过这几户人家，折而向南，还有一个杨树林子。我从西沙河回来，如果天不黑，我就从中穿过；如果黑透了，里面黑沉沉的，我就从其他地方绕过去。最近有一次，我在林中有幸看到了一次落日。那时，外面的空间还很亮，但树林里已经变得幽暗清凉了。

走在林子里，透过枝叶的稀疏处，我看到了最后那一时刻的夕阳。夕阳沉落一半，剩下的一半像打破的蛋，红艳艳地淌了一摊。

这时，整个天空都暗下来。——有一种从喧哗到静谧、从纷繁到单一的过渡性质。时空不是变得内敛了、收缩了，实际上是变得更开放了，更有弹性了，更有深度和广度了。只有西北角那一小块天空是红的、湿的、亮的，有一种浮雕式的凸显和绘画式的明艳。映着绿叶，显出一种无法言喻的绮丽。

不知从哪个树梢上传来几声灰斑鸠的鸣叫，空落、苍老、顿挫有致，仿佛是木鱼的声音，从某个遥远的时空的角落里传来。

我站住了，倾听大地静静地呼吸。

2006 年 6 月

# 女邻居

1997 年到 2000 年，我住在民政局居民楼。

那是一幢小单元楼房，小门小户，每户两室一厅，建筑面积六十多平方米。一个窄窄的楼梯，一直通到四楼，每层两家，像并蒂的瓜果，并列而居。和我家并列的那套房子好长时间门窗紧闭，无人居住。一年后，才搬来一个女的，三十来岁，齐耳短发，发梢染成酒红色，圆脸大眼睛，声音脆脆的、亮亮的。她带着一个六七岁的儿子，这女人成了我的邻居。

开始我对这个女人一无所知，后来才知两年前她丈夫死于车祸。

她丈夫生前做医药生意，那起车祸因其残酷性而著名，就发生在离我们县城十多公里的国道上。两辆飞驶的车辆在一瞬间相撞，一辆江淮大货，一辆桑塔纳。货车翻倒在旁边的水沟里，驾驶员和副驾驶座上的人当场死亡。桑塔纳被撞瘪后燃烧起火，驾车的人粉身碎骨不说，又被火焰烧得焦黑如炭，惨不忍睹。那起事故又恰恰发生在旧历大年初一，正是人们欢度新春的日子。那一阵子，这起车祸在我们小城，被人们广为谈论。

直到如今，我才知那个被烧焦的人原来就是这个女人的丈夫。

　　我是从四楼邻居老张口中听说的，老张是民政局职工，一个老驾驶员。当我得知这些时，有种阴错阳差的感觉。

　　这个女人没有工作，她看上去很容易接触，但从不和周围的邻居来往，她的主要生活内容就是打麻将。每天哗哗啦啦，从早打到晚。找她打麻将的人很多，大多是做生意的中年男人。这些人忙时很忙，闲时很闲，忙时一心一意挣钱，闲时到处寻欢作乐。

　　她有时伺候场子，有时亲自入座去打。在她那儿打麻将有提成，叫"打头儿"。就是头一圈儿，谁自摸谁掏给她一些钱，来多大，掏多少。打二十掏二十，打五十掏五十。她那儿一般打五十，上午一场，下午一场，有时夜里也打。这样一算，她每月的收入倒也可观。

　　有一次，我居然看到我的一个同事也到那儿。我同事碰到我，有点不自然，于是装作没看见我，我也装作没看见他。我们没打招呼。后来，在单位见面，我们也从没提过这事。

　　她儿子在"三小"上学，"三小"就是县城第三小学。从民政局到"三小"，经过一个十字路口，那儿车辆很多，有家长不放心，孩子已经上五年级了，还是每天接送。她儿子才上一年级吧，我倒很少见她接送过。偶尔见她和儿子一块上街，两人一前一后，相去甚远，从他们的神情上，看不到那种母子间常见的亲昵感。她儿子看人时目光尖利，有审视意味儿。显而易见，这孩子对这个世界抱着很大的戒备心。放学时，大人们在客厅打麻将，他进屋，目不斜视，径直走进卧室，门"呼"地一关，自己做作业。

　　我很少见过这个女人有什么亲人，或者说几乎从没见过。我在民政局生活的那几年，只见过一个老人给她送东西。那老人很苍老，一望而知是个乡下人，背一蛇皮袋青豆荚。当时她恰巧上街了，家里没人，老人就静静地在防盗门外蹲着，等她回来。也不知这老人是她什么人。除此之外，就从没见过有什么亲戚关系的人了。有段时间，有个三十多岁的男人在她家生活，打完麻将，别人回去，他留下来，在那儿吃住。那个男人胖胖的，从不出去，整天窝在她房里，有时她上街，他就一个人待着。这样大约过了一个多月，男人走了，以后再没见他来过。

2000 年，我搬到城西，搬家那天，她很热心，帮忙搬东西。从此，这个女人就从我的生活视线中淡化出去了。认识她的这几年，印象中她总是穿着一件天蓝色的水洗牛仔裤，上身是火红色的 T 恤衫，短发齐耳，眼睛明亮，面容俏丽。其实她很爱打扮，衣服经常换，但不知怎么，我只记住了她穿这身衣服时的形象。

前年，我替别人办理一个弃婴收养的事情，有段时间，经常到民政局。有一次，在民政局办公室楼下的茶叶店，我遇到她，她在那儿坐着，和老板娘闲聊，一条腿放在另一条腿上，一只脚趿拉着花棉布托鞋，一只脚光着，跷得高高的，脚指甲染得猩红。她说，她马上也要搬到城西了。那个地方当时正在开发，是个花园式的小区，叫柳荫新区。

柳荫新区在我住宅区前边不远处，记得小区围墙上写着售楼广告："开车开名车，住楼住好楼。"这条广告有着鲜明的财大气粗、格调低下的地方特色。它的粗俗，反而让我过目不忘。

后来，我在纪念碑附近散步，果然重新遇到我的女邻居。她仍然没结婚，一个人在柳荫新区里居住。七八年前，她看上去三十来岁，很漂亮。七八年后，她看上去仍然三十来岁，还是那么漂亮，一点也不见老。

我没见过她儿子，她儿子变化肯定很大了。

前段时间，柳荫新区发生一起毁容事件，一个女人被别人用刀子破了相，也有人说用的是硫酸。据说有个做中药材生意的男人，五十来岁，有两个孩子，一个儿子，一个女儿。他在柳荫新区买了两处房子，一处给自己的老婆，一处却给了另外一个女人。那个女人当然知道男人有老婆，也知道男人的老婆住得离她不远，但男人的老婆对这个女人却一无所知。

男人多数时间都和这个女人在一起，老婆形同虚设。他们之间，虽然不长不短，却也相安无事。

有一次，男人给这个女人办理房产证，办好后放在自己皮包里，没想到被他老婆无意中发现了。男人的老婆很精明，当时并没声张，而是她找来了自己的孩子，娘仨偷偷摸清这个女人的一切情况。时机到了，男人外出做生意，男人的老婆就带着孩子们去找这个女人。他们不顾一切地揍她，专打她的脸，直到毁了她的容。

如今，这样的事儿在我们生活中已经不稀奇了，人们见多不怪。所以，这件事儿传了几天后，就烟消云散了，大家都没兴趣去做进一步了解。

有几次，我在附近看见一个女人独自走着，身材极像我的女邻居。不过那女人留着长发，长发遮着脸，看不清她的面容。

我想，那个人可能并不是她，只是另外一个女人。

2006 年 8 月 19 日

# 浮　尘

## 哀　乐

　　法院一位退休人员死了，在办公楼下的院子里停灵、举哀。他在法院工作，上班、下班，下班、上班，周而复始，直至退休。大部分时间都过着这种职业化的一成不变的生活，机械、刻板，规律性很强；朝夕相处的就是那几个人，能忍得忍，不能忍也得忍。一辈子做着一种一成不变的工作，就算有崇高感和成就感，年深日久，也得不到多少乐趣、新奇与悬念吧。不过，虽然如此，强烈的依赖性却养成了，不知不觉，对其他工作和生活也失去了热情，只愿意在这种狭小的圈子里了此一生。现在他死了，还需要把灵停在这儿（因为这儿是他一生中最重要的地方），然后从这儿出发，送到殡仪馆火化，最后连他的死也与他的职业密不可分了。

　　迟缓凝重的哀乐一阵阵响起，黄昏时分，过路的行人听在耳中，即使事不关己，也不会无动于衷的吧，这里面有物伤其类的意思。无论何时，死都不仅仅是一种彻底的结束，而是一种最大的现实。所以，它才会上升到哲学、宗教的层面，对死的态度往往决定着对生的态度。有人挣扎着活了很久，有人嘎巴就死了，俗话说，阎王爷面前无老少，这说明死是难以把握和预测的。但禅宗里的高僧却往往例外，什么时候死去，他们提前就知道了，时辰一到，沐浴，告别，留下偈语，然后就坐化了。这种死法真好，干干净净，一点也不拖泥带水。我不羡慕他们的长寿，倒很羡慕他们的死法。他们的死，是一种长期的修为。

## 麻　糊

　　老街口，有一个小摊子，卖麻糊。麻糊，也算是这儿特有的地方小吃吧。就是用姜米面熬成的一种类似粥浆的糊状物，粉嘟嘟，白腻腻的，上面撒一些咸咸的、煮得极面的大黄豆，清热，养胃，最适合老人和孩子的口味。卖麻糊的摊主是一对中年夫妇，每天定量两大桶，生意很好，就傍晚那一会儿，来晚就买不到了。很多人大老远地赶来，就为喝上一碗。有的也不坐下，就那么直撅撅地站着，端着碗，不用勺子，顺着碗沿儿，吸溜吸溜的，一口气喝个干干净净，然后扔下一元硬币，舔舔嘴，走了。

　　有个老人，八十多岁了，也来喝。有人说，有钱难买老来瘦，他就不胖，高高的个子，背也不弯，戴黑皮革鸭舌帽，穿藏青色中山装。但他整个人却显出松散的样子，行动起来笨拙迟钝，随时需要别人的扶持。跟他来的老太婆也有六十多岁了，不像他女儿，大概是他后娶的老伴。老太婆把他搀扶到一张矮桌旁，他趁势在一个小凳子上坐下来。麻糊端过来，老太婆站在他旁边，看着他一勺一勺地喝，他的动作机械而均匀。由于正对着桌角，老太婆怕他不方便，就又把他架起来，向里面挪动一下。他急于想再次坐下来继续喝，一下子没坐稳，晃了一下。就听他突然冲着那个老太婆骂了一句粗话："妈的个。"是他自己太急了，他却骂别人。他满嘴的牙齿已经掉光了，但骂起人来却异常清楚响亮。骂过后，他又继续面无表情地喝起来。有的人会越活越好，有的人再怎么活，就算到死，也还是改不了固有的德行。这个老人，应该属于后者吧。

## 广告衫

这个中年人，他身上有着鲜明的社会学色彩，一看就知道是个常年打短工、干杂活的人。现在他是个建筑小工，他推着一个铁皮双轮手推车，车肚里装满碎砖头、泥灰粉、用剩的地板砖的边角。整个工程已经接近尾声，他把这些建筑垃圾运送到国泰路边的一个垃圾转运点。他一车一车地运送着，很机械的样子。他的身板、步态、表情都很机械。在他的生活中，不需要改变的，不用改变；需要改变的，无力改变。他浑身上下、里里外外没有一点梦想的水分。梦想也是一种权利。从开始，他就属于那种被生活剥夺了梦想的权利的人，套用一个法律习语就是：剥夺梦想权利终身。因此，现实生活对于他来说，只是一种机械性的习惯行为。他的头发不可能隔一天洗一次，他不可能经常冲淋浴或洗热水澡，他的性生活肯定也是贫乏的、缺失的、最原始的、干巴巴的，他的各种正常的生活欲望、生理欲望由于常年受到极度限制最终干枯了，他不可能到过这个小城里那些众多消费性的场所，他的头脑里也许连安逸、享乐、修饰等这些体面生活中的基本概念都没有。他穿着一件陈旧的广告衫，广告衫原本是天蓝色的，现在变成灰白色的了，就像天空由晴朗转为多云。广告衫后面有几个白色的印刷体字样倒还很清晰，似乎还带种浮雕感。它们是：胜力牌啤酒。在本地，这是一个很流行的牌子，不知道他到底喝没喝过这种牌子的啤酒。但有一点可以肯定，他平时极少去喝这种牌子的啤酒。这件衬衫，应该是几年前，这种啤酒在举办某次促销活动时发放的免费品。对于他，却是一种非常高兴的意外收获，那是命运终于对他表示了一次眷恋。

## 退休工

　　他姓付，在单位，有十多年，人们喊他小付；有十多年，人们喊他的名字；接下来十多年，人们喊他老付。喊着喊着，就喊到退休的年龄了。在这些年里，他从一个单位，来到另一个单位，做过炊事员、仓库管理员，离过婚，也帮大儿子离过婚。生活在他脸上留下了痕迹，也留下了灰尘。有人说他聪明，也有人说他糊涂。但大家一致认为他总体上算是个好人，没什么坏心眼，有话当面说，背后从不坑人。

　　退休那天，他在办公室整理东西，整理到最后，属于自己的只有一小堆业务性资料：《学习能力建设》、《环境保护执法手册》、《法规规章汇编》、《依法行政法律法规汇编》、《实用环境保护手册》、《排污收费制度》、《环境监察系统学习参考资料》（内部使用）、《基层环保法律法规实用手册》（上、下）。有的册子很旧了，有的刚发下来还很新，有的已经废止，有的才开始实施。他一本一本仔细摆好，捆扎好。他的头发白花花的，表情中有留恋，有怀旧，有失落，有解脱，很复杂。窗户半开着，风把窗帘不停地吹动着，光线在他脸上变幻不定，忽明忽暗。他的动作也显得迟缓，滞重。以前倒没发现他有多老，好像办理过退休手续后，他才开始正式老了。

　　和他同在一个办公室里的几个同事，帮他把这一小捆资料提下去，把他从三楼送到一楼的楼梯口，他们和他握手。他们之间，朝夕相处，唯有这次客气了一下，似乎有点不习惯。大家争着想说几句话，其中一个还试图开个玩笑，但突然之间，大家都沉默下来。也许那一刻，他的几位同事从他身上隐约看到了自己未来的某些影子。

　　他把那捆资料放在自行车的后座上，这是一辆很破的自行车，老式的，大架，前面带杠，就是以前七八十年代生产的"飞鸽"或"凤凰"牌的那种设计样式，现在已经买不到了。这辆自行车他已经骑了好多年了，他推着它，慢慢走，到了大门口，才骑上。

离开单位后，他那张用了好多年的办公桌还在靠窗的那个角落放着，中间烂着个洞。每天早晨打扫卫生时，大家开始还顺手擦一擦，好像他还会回来坐在那儿似的。后来，就不擦了，慢慢落满了灰尘。

# 某 女

她结过婚，又离了婚，有一个女儿或者儿子，留给了男方。对于自己的这段经历，她一直讳莫如深，守口如瓶。她似乎竭力否认自己曾经作为妻子的这一事实。她也竭力否认自己作为母亲的这一角色。

从二十多活到了三十多，眼看着就要奔四十了，她仍然按照一个未婚女性的审美取向打扮自己，让年龄界限或特征在自己身上变得模糊甚至消失。但她又缺乏审美品味，这就使她的打扮风格给人带来一种说不出的别扭。有人初次和她接触，视觉受到冲击，表面上恭维她一通，转身就尖刻地挖苦她，说什么老黄瓜上刷绿漆——装嫩！她要是听见，非气晕不可。但她本身长得可绝对不丑，虽然属于俗艳的那种类型。想一想，要是没有一点可取之处，她也没法在外面混啊。

在城北区，她自己有一套很不错的商品房，她没有任何经济来源却似乎又总是不缺钱。她每天都过得很快活，早出晚归，或晚出晚归。她的生活内容不外乎和朋友们在一起吃饭喝酒，也总有男人每天马不停蹄地轮番请她吃饭喝酒，还有的是顺便捎上她，为的是在饭桌上多个女人调剂气氛，添人不添筷嘛，她也一叫就去，反正是白吃白喝。她还有一个爱好就是打麻将，她和同

伴事先约好，在打的过程中使暗号，做手脚，三家赢一家或两家
赢一家，他们这种手段在本地有个专业术语，即称为"钩子手"。
作为女人，她也免不了逛逛街。这些年，她还一直充满希望地坚
持买"体彩"，虽然没中过什么大奖，倒早已反复计划好如果中
了大奖怎么去花销。她偶尔也赌，但见好就收，很少输过。

　　她性格开朗，大大咧咧，对什么事情都满不在乎，凭本能和
直觉生活，没什么具体的生活准则和道德观念，在利己主义的范
围内，一切都无可无不可，虚浮，圆滑，但必要时又立即显出几
分不顾原则的江湖义气。她的父母眼睁睁看着她韶华渐逝，不由
得替她的下半辈子担忧。但她不在乎，她真的是一点也不在乎，
她只是热爱着自己当下的生活，过一天是一天，从不瞻前顾后地
考虑那么多。这就让她父母的担忧显得多此一举，慢慢也就无可
奈何地认同了她的生活方式。生活中的很多束缚，她蔑视它们，
它们对她也便形同虚设。无论她活得怎么样，或者怎么样活着，
她内心深处总有一种很镇定的东西。说来奇怪，有时从道德规范
的角度一本正经来看待她，她反倒让这种道德规范显出几分迂腐
的色彩。

# 衣　服

　　　　是不是一件衣服里来的香气，使得我们话语这样
离题？
　　　　——艾略特《J. 阿尔费雷德·普鲁弗洛克的情歌》

　　衣服拉开，抻直，抖动，向前走一点，又回来，后退。一个
空壳子，只有影子，衣服的影子。有时，折一下角，掉一粒纽
扣，滚动，画出意外的曲线。脱落的纽扣，无家可归的纽扣。一
件衣服不可能去寻找一粒走失的纽扣，但一粒走失的纽扣却永远

在寻找一件衣服。一件空荡荡的衣服在寻找一个身体，但一个空荡荡的身体却不一定去寻找一个灵魂。装饰性的生活、色彩绚丽的生活、表演性的生活，仿佛一段段重复性的乏味的语言，充满着生命的影子，此身虽在，堪惊。草不穿衣服，看不见的荒草在生活中疯长，淹没了街道、广场、商店、学校、卧室……大街上，野兽越来越多了。上班，下班，你好。衣服一点一点变旧，苦熬。它叹息，它说："是。"它说："不。"它说："哦。"那么多衣服，富裕的衣服，贫穷的衣服，新衣服，旧衣服，洁净的衣服，肮脏的衣服，高贵的衣服，卑贱的衣服，幸福的衣服，悲伤的衣服，不同时光里的衣服，各式各样的衣服。"他们在苦熬"（福克纳），它们在空荡荡的地方徘徊。一件衣服在一个人身上，有时被另一个人脱去，被扔在一边。鲜树汁的气味，身体深处战栗的气味，隐密的气味，绝望的气味。一件衣服，有什么可丧失的，有什么可获得的，它只有影子。它被挂起来，在风中狂奔，向不同的方向狂奔。一件衣服的动荡不安，它里面充满了风声，仿佛是风穿着衣服在狂奔，那么多难以平息的东西。然后它被挂在衣柜里，静悄悄地垂下来，疲惫不堪，一件旧衣服所拥有的回忆如此漫长，如此混乱无序。昏暗的街角，清冷的雨夜，小雨，可以打伞，也可以不打伞，一件旧衣服，一动不动地久久望着电线杆上一盏昏黄的路灯。

2009 年 4 月

# 流动的生活场景

## 田园宾馆

　　田园宾馆只是细阳路众多宾馆中的一个，而且是极其普通的一个。说实在的，我一次也没在那儿住过。但差不多有一年多时间，我几乎每天都要从它旁边经过。那时，我的单位还没搬迁到城北，就在它东边，二者相距不远。

　　那时，我家在城东，田园宾馆离我家也不是太远，我曾动过在它里面住一住的念头。在某个瞬间，这个念头甚至充满了诱惑。在霍桑的小说《威克菲尔德》中，一个叫威克菲尔德的男人假做外出旅行，在邻街一个旅馆神不知鬼不觉一住就是二十年。他从一个过于熟悉的世界里游离出来，躲到一个隐蔽的空间，对原先的那个世界冷眼旁观。

　　也许每个人都会产生那种想要"消失"一下的念头，把自我隐藏在一个客观存在里。宾馆无疑是一个最佳的隐藏空间，但我最终还是没在这家宾馆住过，与宾馆相比，家离我更近。也许我更希望走向回家的方向，而不是走向陌生和未知。

　　如果作为一种象征世界里的事物，宾馆属于那些永恒的漂泊者，比如里尔克。里尔克的一生可以说是一系列漂泊与漫游的总和，他总是生活在生活开始的地方，他渴望在无数个不确定性中和自己邂逅。还有李白，在生命的终点时刻，他想寄宿在一轮最圆、最亮的月亮里。于是，那轮水中之月成了这个漂泊者最后的客栈。

在海明威的小说里，那些无家可归者只好把宾馆作为自己的栖身之处。我们看到，在《永别了，武器》结尾，他这样写道："过了一会儿，我（弗瑞德里克·亨利）走出去，离开医院，在雨中走回旅馆。"

客房与卧室，这两个同样得到现实世界认可的相似的空间，在现代生活中，却具有不同的含义。当它们构成冲突时，客房就背离了卧室，这种背离其实由来已久。在《包法利夫人》中，我们可以看到福楼拜对一家旅馆房间的详细描写："她（爱玛）跟着他（莱昂）一直走到旅馆；他上了楼，打开房门，走了进去……"房间的场景布置是这样的，"床是一张桃花心木的船形大床。红绸帐子从天花板上挂了下来，快到床头方才束紧，张开了一个喇叭口罩着床头板……房间温暖如春，有隔音的地毯，装饰显得轻佻，光线非常柔和，似乎是情人幽会的好地方。"这是19世纪法国卢昂旅馆房间的场景布置，随着时代的发展，房间的布置风格和情调也在发生着改变。但在这种空间里发生的事情，本质上却总是大致相同的。在《洛丽塔》中的旅馆房间里，白天，亨伯特与洛丽塔分开；夜深时，这个中年男人就颤抖着把那个未成年少女引诱到自己的怀抱。就这样，在一个精心选购的空间里，一种背离常情的人性情感，对人类的社会道德防线做出了强烈突破。

如果不是在田园宾馆发生过一起轰动一时的案件，田园宾馆也许早就从我的记忆里淡出了。

那是2001年夏天，一位刚大学毕业的女孩子，暂时没找到工作，经同学介绍，就到这家宾馆来打工。一位外地客人，做医药生意，财大气粗，看到这个女孩子如此清纯、漂亮，富有书卷味，于是垂涎三尺。出于生意人的思维惯性，他向女孩子提出，愿意出两千元，让女孩子陪他一次，但这个卑劣的要求被女孩子愤怒而毫不犹豫地拒绝了，这个外地客人心里非常不甘。女孩子的拒绝起了一种火上浇油的作用，反而更加激发了他的欲望。于是，他找到宾馆老板，随手甩给他一千元钱，说："你一定要帮我把这个小妞儿搞到手。"他是宾馆老板的老客户。宾馆老板平时就对他奉承有加，现在见了这一千元钱，毫无疑问，见利而忘义。晚上，他把女孩子引诱到这个外地客人的房间。客人反锁上门，乘着酒意，把女孩子给糟蹋了。事后，他把两千元塞到女孩怀里，感到心满意足，自认为此事已经摆平。

女孩子第二天就回家了，把事情哭哭啼啼告诉了家人。她母亲立即带她报了案，并声称还要向上级有关部门反映此事。当地公安部门组织警力，对这家宾馆展开了调查。没想到拔出萝卜带出泥，他们查到这家宾馆还是个淫秽窝点。通过那些卖淫女子的口供，一下子查出本城许多涉嫌嫖娼的人员。最后，那个客人和宾馆老板分别被判了刑。

田园宾馆后来转让他人经营，宾馆还是那个宾馆，只不过名字早就换了。

2008 年 2 月 17 日

## 国泰加油站

国泰路的车流量如今已经很大了，据说这条环城西路正准备规划成一条主街，因为城区需要进一步向西拓展。大约七八年前吧，这条路上的来往车量还很稀少，但一位投资商却看中了位于国泰北路和团结西路交会处的一片地方，于是在那儿建起了一个汽车加油站。

后来，日益兴隆的生意证明了他的投资远见。当然，现在每个人都会觉得在这儿存在着一个加油站是一种必然了，因为它是现实生活的客观需要。

每个人都是生活的亲历者，但在现今，我们无意中却经历得更多。一个小小的加油站，其本身就包含了一种错综复杂的社会学。

显而易见，作为现实生活的客观需要，我们对它的依赖性越大，它就越能改变我们的生活。我们越来越与更多的事物、更多的现实产生着千丝万缕的联系。本雅明在其《单行道》一书的开首写道："眼下，对生活的建构早就不受信念而是很大程度地受着事实的操控，也就是说，受着那些几乎还从没有成为过信念基础的事实的操控。"而这个加油站，难道不正是体现了这一点吗？

米兰·昆德拉有一篇很有意思的小说，叫《搭车游戏》。当汽车油缸的指示针突然降至零点，故事的喜剧性就开始了，总算遇到了一个加油站。从这个加油站开始，故事里的男女开始演出了一个无伤大雅的小戏剧。但没想到，不知不觉，两人居然就假戏真做了：恋人间的关系最后（在一个小旅馆里）演变成嫖客与妓女的关系。

我们看到，出了加油站，他们生活的方向盘就开始向着另一种可能性转去，到后来，差点拐不到原来的道路上。

更多时候，我们的生活被一些细微的东西改变着。这些细微的东西很轻，几乎是不易觉察的，但积累到一定程度，便产生出一种巨大的力量。当这种力量在某个时刻爆发出来时，它就从更深刻的地方控制我们。

怎么说呢，对我们产生影响的，有时甚至只是某种氛围或场景的暗示。那种细微的东西也许类似雪花，雪花本是一种非常轻盈的东西，雪花的下降完全可以称为飞舞。一朵雪花落在另一朵雪花上，很轻，是一种最温柔的触动。但当千千万万朵雪花落在一起，轻盈一再地叠加，慢慢地，重量就产生了。

2008 年冬天，大雪纷飞，漫天皆白。2 月 1 日下午，持久的大雪终于把国泰加油站的顶棚压塌了。

坍塌后的顶棚呈 "V" 字形，"V" 字形最低点处有一辆双排座小型货车因加油被砸在棚下。汽车的前部被断裂落地的顶棚砸扁，并被抖落的积雪覆盖，驾驶员当场死去。这里还有一个小小的插曲，据说那个驾驶员并不是真正的车主，而是车主的一个朋友。加油之前，车主当时正在打麻将，突然想到这件事，就想抽身离去，但这时，他旁边的朋友就说，你继续打吧，我替你加油去。当听说朋友被砸死时，车主倒吸了一口凉气，说："他是替我死的。"

加油站里那个刚被招工两个月的女服务员被砸成重伤，后来也不治而亡。还有两人被困，后来侥幸逃生。

一朵朵雪花落在加油站的顶棚，谁也没有想到，这个小小的加油站，居然突发性地改变了许多人的命运。

2008 年 2 月 22 日

## 水上商场

水上商场曾是这个小城最著名的一个景观，它建于 1990 年左右。当时，在普通群众眼中，它是小城最富创意、最奢侈的建筑，读过几本书的人谈到它，常说，"这是我们的威尼斯"。

它坐落在小城的主干道人民路的东侧，与其对应的是小城唯一的一个公园。我怀念当时的这个公园，竹林蓊郁，松柏青青，它那未经修饰的绿荫和花朵保持着一种自然原生之美。那时它是一个充满大自然灵感的草稿本，现在，已被城建部门装订成一部刻板豪华的精装书了——园中布局，一草一木，一石一径，无不中规中矩。这样的精装书，如今在全国每个城市比比皆是。

水上商场所处的那片水面，与公园北面的那片水面，原本是相通的。据说在更早的时候，这儿有一个相当大的湖，叫镜湖。后来在这个城市目光短浅的初期规划建设中被填埋，于是，这个小城也就永远失去了水汽氤氲、荡漾的清波。如今人民路上的一条主要支道就叫镜湖路，其名字就是起源于那个被活埋的镜湖。

水上商场的建设意图，是为广大市民提供一个集购物、休闲、娱乐于一体的消费场所。在当时，应该说这是一个很有商业远见的举措。临近水面，建有一座商业楼，里面卖得最多的商品是服装和鞋子，记得有一次我和同学一起到这儿买衣服，我的同学试了试，不合适，没买，但那个胖乎乎的女老板硬拽住我们不让走，一定要让我的同学掏两元钱。最后我们只好屈服于她那蛮不讲理、自以为是的大嗓门和她那传统中年世俗妇女凶巴巴的势利模样。当时的两元钱，对于我们来说还是很重要的。

商业楼的第三层好像是茶楼，走廊上的飞檐下挂有几个装着灯泡的红灯笼。

一条曲折有致的仿古式游廊通向水中央，在那儿画龙点睛般地建一个翻角式朱红小亭。1993 年的初夏，夜晚，天空落着稀疏的雨点，我曾和一个女孩子在那个小亭子里坐了很久。如今，我仍清晰地记得她的发式、微笑、眉眼的模样，记得那个夜晚的气息和那些雨点的气息，以及那些雨点一滴一滴落在水面上发出的清脆幽微的响声。但是我却怎么也想不起那个女孩子的姓名了。这也许意味着这种类似的事情在每个男人的青春生活中，极具普遍性。

水上商场的北面是东方红浴池和东方红旅馆，从它们带有时代特色的名字上，可以推测出这两个场所的建筑历史。我刚到县城上高中的那一年冬天，星期天的早晨，到浴池洗澡。当我生手生脚、畏畏缩缩地来到一个大池子旁，立即被震了一下。只见雾气蒸腾的浑浊池面满是赤条条的光身子，一个挨着一个，就像下了一大锅白花花的饺子，我至今仍记得湿漉漉、热乎乎的陌生身体接触的一刹那所引起的那种别扭的感觉。那时东方红浴池是这个小城市内——大约也是全县辖区内——唯一的一个浴池，它的热闹拥挤可想而知。

1997 年，我的生活与水上商场有着更直接的关系，那年我就在水上商场旁边的一个储蓄所上班，这个储蓄所就叫水上储蓄所。那时水上商场已经风光不在了，它的花样年华极其短暂，一闪而逝。商场下面的水面是死水，生活污水的大量倾注使它变黑，迅速富营养化。每到夏天，蚊虫滋生，水草疯长，商场门庭冷落，商业价值也一落千丈。

时间进入 21 世纪，商业价值作为判断一切价值的标准，这个地方变成了黄金地段，成了商业权贵们眼中的"香悖悖"，又重新迅速发生翻天覆地的变化。现在，它旁边最具标志性的建筑是一座豪华型的洗浴中心，一个可以醉生梦死的地方。人们仍习惯性地把这片地方称为水上商场，只是不知不觉已不再带着当初那种欣赏的眼光来看待它了。城市生活已使人普遍丧失了生活的美感和想象力，树木和花朵只是树木和花朵。鱼儿偶尔跃出水面，在空中逗留一瞬间，鱼儿也只是鱼儿，只是餐桌上一份精心烹饪的食物或一种最直接的水生物种，而不是某些古老的文化符号，或其他充满象征意义的东西。

生活看似迅速变化，其实不过是欲望的无限膨胀和单调重复罢了——甚至不是各种各样的欲望，仅仅是金钱的欲望和生理的欲望。

人有时自以为是在主宰着自己的世界和生活，殊不知自己的心灵早已被自己的世界和生活悄悄篡改得面目全非了。

2009 年 5 月

# 汉口日记

4月6日，陪同父亲至武汉亚洲心脏病医院检查心脏，晚7时许从县城车站坐客车。车厢，一个临时性的场所，浑浊封闭的气味，生活背景模糊的乘客，8时许发车。平时最熟悉不过的寻常街景，隔着车窗玻璃看去，立即变得有点陌生。田野、村庄、无边无际的黑夜、杨树清幽幽的影子，世界在车窗外川流不息地流逝着。天空中那几颗疏星却是恒定的，在安徽界内它们在我头顶闪耀，到了湖北界内，它们仍然在我头顶闪耀。

早晨6时许，车至汉口集家嘴车站，这已经是4月7日了。集家嘴，一个措辞独特的地名，一下子就记住了。天色灰蒙蒙的，站在医院门外，有点茫然。当我踏上任何一个陌生的地点时，在一刹那，我几乎都会产生这样的感觉。于是，忍不住给在湖北的Z发了一条手机短信，这让我想到卡夫卡笔下的K。《审判》中的约瑟夫·K和《城堡》中的K。在某些软弱的时刻，他们都在不同程度上产生了向另一种温柔的心灵投靠的企图。办理入院手续，9时许入住医院17楼五人间，无休息处，午时只好独自逛街，无目的地行走。在一个街头的路边花池上，看见几个干零活的民工或坐或卧，也在那儿坐了一会儿。太热，疲甚，头微疼，返回医院，坐在病友休息室的椅子上昏昏欲睡。下午4时方调至27楼单人病房，有一沙发可卧,头疼,呕吐,晚饭无法吃,晚 8 时便沉沉睡去。深夜醒来,头疼方止,趴在窗户上看密集的街灯,一朵朵明亮的玻璃花,市声悄然,这些灯火显出几许寂寞。

4 月 8 日,天气预报有大风雨,早晨即见黑云压城,下楼买几份报纸。卖报者是一四十岁左右的男子,身材魁伟,浓眉大眼,光头,戴一塑料黑边眼镜,说话时声音浑厚,但"四"和"十"发音不清。早饭后大雨如注,想起唐人的诗句,"楚天不断四时雨,巫峡常吹千里风",但一时忘记是谁的句子了。数接 Z 的手机短信,惊扰了她,感到有点不安,午饭后在楼下卖报者的指引下打车至武汉图书批发市场。购日本僧人圆仁所著《入唐求法巡礼行记》。在信仰的指引和信念的支撑下,一个人可以活得如此镇静、明确、坚定有力!另购《杜牧年谱》,喜欢杜牧诗的清爽俊秀。

4 月 9 日,父亲开始逐项进行检查,心脏造影检查一项,父亲颇惧,犹豫再三,方听医生建议,确定明天去做。今日无事,困于一室,颇闷,午饭后,父亲休息,我独自去协和医院旁边的中山公园。入园处有双龙盘踞,青铜所铸,叩之音色苍茫。龙的这种拼凑形象,张牙舞爪,盘绕狰狞,缺乏中正平和之气,却成为华夏图腾,其中的文化隐喻,颇耐人寻味。园中有花团团如雪,如球,香气幽远。我热爱繁花,喜欢落了片白茫茫大地真干净式的冲淡朴素、决绝彻底,也喜欢烈火烹油、鲜花着锦的热闹荣盛。看介绍得知此花名为"斗球",忍冬科,落叶或半常青灌木。我眼中的武汉人,市井生活气质很浓。由此可知作家池莉早期作品带有所谓新写实主义的先锋色彩,后来市井色彩转浓,流于通俗,自有其不可逆转的道理。在这片土地上,还曾生活过我所喜欢的诗人鲁西西,据说她现在已在北京。我想,当一个真正的诗人离开的时候,那个地方的空气中一定会少点什么。

4 月 10 日,上午 9 时,送父亲做心脏造影检查,10 点结束。相当于一个小手术,必须 24 小时平躺在床。灵与肉的联系如此密不可分，我这样说，不仅指那些生理意义上的东西，还指那些精神意义上的东西，当然包括尊严。当肉体的隐私部位必须变成一种纯客观性的存在时，生命的美感无论如何都会受到损坏。囿于一室，照料父亲，看书，看电视，晚饭后下楼。黄昏将尽，暮色初临，这个时刻总给我带来一种难以言喻的触动。下楼，从27层楼的高处来到地面上，下雨了。"楚天不断四时雨，巫峡常吹千里风"，突然想起了这两句诗的作者是杜甫。从这种遒劲的笔力上看也是。一个真正的作者，他的语言是他生命的表情和姿态。站在街头，看呼啸往来的车流，感觉人类的生命就这样被这种疾驶的东西带走了。楼真高、真大，人真小，人与人的疏远与这种物质性的、空间性的隔离绝对大有关系。

4月11日，陪父亲说话，父亲打听我的写作情况。他主要打听我的稿费收入，我从来羞于和父亲谈论这方面的事情。不过，抛开深度象征意蕴，仅仅从世俗的层面上，这倒也加深了我对曼德尔施塔姆的几句诗的理解——"一旦耻辱的诗行父亲不理解，便像石头从天而降，将大地唤醒。"上午10点，父亲可以下床活动了。造影检查结果出来，冠心病的隐患暂时排除。心脏的其他病情，父亲决定保守治疗，这样明天下午就可出院了。下午，疏雨不断，从汉口乘车至武昌东湖，车过长江大桥，江面浩茫一片。这条中国版图上最著名的河流之一，也是中华文明的主动脉，此时显得非常平静。游梨园公园，持伞沿东湖独行，雨势大了，坐在一个旧六角亭里听雨声和鸟鸣，看湿透的花落下，乌桕树的阴荫刚刚形成，还很新鲜。知道毛泽东与东湖的渊源，在长天楼的不远处，突然看到了鲁迅的雕像，颇感意外，踏着积雨的草皮，走近站了一会儿。寻屈原纪念馆费了不少周折，数问方至。屈原终生首先追求的是拯救民生，杜甫也是，诗只不过是他们其次才追求的东西，他们终生都保持着对于人世的大爱。近来渐渐明白，有很多东西，都比写作要大得多。看完屈原纪念馆就出园了，乘车回，旁边有一年轻女士，展开一份《楚天都市报》，一路专心致志地研究一篇《娶妻应娶金龟妻》的文章。

4月12日，告别的感觉，也许向某种温柔。那些护士，白衣天使，所谓天使，就是那些走进形形色色的内心的地狱，给人们送去阳光和温暖的人。下午2点，出院，集家嘴车站。长江与汉水交汇，清浊二水。在江滩旁看龙王庙遗址，大禹时曾有龙在此处水中盘伏，又是龙的传说。不知不觉，就到了接受传说的年龄。如今，我已经学会欣赏和接受传说的美丽，而宽容或忽略传说的真实。兴建中的龙王庙公园，移栽的粗大香樟，机械流水线批量加工的石雕，水泥仿古建筑。风景不是自然生成的风景，而是速成的风景。8时许发车，灯火辉煌，我和汉口的灯火告别，和所有那些赤条条裸露在天空中的灯火告别。

2008 年 4 月 13 日

第三辑
**去　影**

# 在书页的覆盖下生活

## 新　绿

　　川端康成的《古都》里，好像有两位少女到富士山看新叶的细节，记不清了。现在只是无端端地觉得，应该真有此事。我倒曾写过一则《四月的花叶》的小文，专门写过春天的新叶。一些美好的东西，不妨多写几遍，好多说过的话、做过的事，都容易忘记。

　　新叶之美，不仅指色，也指神、意，甚至是韵。新叶最有微妙的风韵，那么静，是"绰约若处子"的那种静，很干净的那种静。就算在风里，仍然不失其静。这时的树木，还没有嘉荫，只有清影。一枝一叶生机盎然，又很通透，还没有任何郁结难解的东西。纳兰的词句，"落尽繁花小院幽"，这里的叶子已经很大了，已经是绿树成荫了，树木好像有了很多不愿披露的东西，于是就把自己悄悄包裹起来。

　　三月是少女的情窦初开，不太清晰，有几分朦胧，四月（上旬）则是少女心有所指的相思，欲说还休，欲说还休。新绿满眼，每一年的四月都是新的，都仿佛是生命中最初的四月。爱之不足，观之有余，是《诗经》里"子兮子兮，如此良人何"式的欢喜不尽，不知如何是好——生命中那些最初的美好日子，正在经历，却仿佛已很遥远，早已遥远，却又仿佛从不曾失去……

春风吹着春风，花叶碰着花叶，与人与己都纤毫无隔。

珍惜好花天，珍惜那些容易忽略的东西。

# 紫 藤

有人提到一种名为久伊豆的日本种紫藤，说看上去让人想到川端康成。川端康成读了不少，这种紫藤却没见过，料想应该是《源氏物语》中的那种吧。传统的中国种的紫藤倒屡见不鲜。《倾城之恋》里有句神来之笔，也提到了藤花，月光中从窗子上面吊下来，一枝。但旋即又恍惚不清了——"也许是玫瑰，也许不是"。我觉得还应该是紫藤吧。紫色不易融于月色，紫藤是紫藤，月色是月色，本来宾主历然，并不缠缠绕绕，只是月光下的男人女人容易犯错，一不小心就把紫藤当成玫瑰了，但也说不定只是自己故意哄一哄自己。

紫藤的花穗欲开时紫得真是凝重，化不开，但开完后有白色的影子，慢慢紫色就褪成了一个背景。紫色高贵，只是中国人的意识里多的是富贵，高贵从来都很淡漠。许多开国君主举事之初，与一帮打天下的弟兄最具诱惑性的约定就是，共享富贵。

买过一本书信体小说，《紫颜色》，十多年了，不曾读过一页，现在都不知丢哪儿去了。看过卢梭的《新爱洛绮思》之后，就不再喜欢这种文体了，但还是喜欢《紫颜色》这个书名。

紫色不宜太浓，太浓的紫色有点压抑。紫藤作为一种绘画题材，易于小尺幅、小品类，但咫尺千里，盘曲的老藤似乎比花朵更富于表现力，那藤最好是徐青藤式的笔意，自由而绝望，百感交集，置和谐于不顾，自身生命与世界之间似乎总存在着一种难以调和的冲突和对抗，怒，枯，倔——白鸥入浩荡，万里谁能驯?!

# 银 杏

唐人沈佺期的诗句，"芳春平仲绿"，平仲，即银杏。芳春绿树如画，树下人即是画中人。时间久了，一个人可以和一棵树结成知己。比如，陶渊明抚孤松而盘桓，这个举动充满了孤迥的情致，是一种典型的魏晋风度。陶为耿介之士，非世俗之人，骨子里有松阴，胸腔中有松涛，宜于爱松。我尘心未断，特别喜欢银杏的叶子，因为银杏的叶子，每一片都有一个心的形状。说来说去，还是相由心生。

上面说过，人和树可以结成知己，但人和树还是不同的。人挪活，树挪死。人多半是要走的，人走后，树只能老老实实地在那儿站着。人生不如意事常八九，树也有无可奈何时，树欲静而风不止。但这里我马上又想到了《庄子》里那个著名的反诘。子非树，安知树欲静? ——看来，这个树欲静的说法，也只是人的一面之词。没有办法，人即便陷入自身的矛盾之中，仍要强词夺理一番。

《红楼梦》中小儿女参禅，终是黛玉彻底，无立足境，方是干净。有立足境，即有无奈的时候，即有一个阿喀琉斯的脚踵。但人需栖身之处，树需一方水土。老子曰："及吾无身，吾有何患?"老子也有禅宗透彻的一面。问题是，没有了身，也就什么都没有了。我现在还不能去接受这种"干净"。

有年深秋，我曾在长兴看银杏，树叶欲黄未黄，呈铅灰色，银杏果累累满树，微风时来，秋声飒然。此情如梦，恍然犹记。如今银杏树仍是千年前的银杏树，只是树下人早非当年的看树人了。

# 春 夜

苏东坡贬到黄州时，有一天春夜，喝醉了，骑马来到一座溪桥上。天空有一轮月亮，东坡走到哪儿，月亮就跟到哪儿。清风拂面，夜露满天，突然一阵睡意袭来，于是东坡滚鞍下马，曲肱而卧，酣然睡去。醒来时，东方已白，只见青山萦绕，翠色逼人，流水汤汤，宛若梵音，真个是天上人间，世外仙景。

只有胸中无一点渣滓的人才会如此坦然安卧吧。

我觉得这种中国式的随遇而安的精神，似乎比海明威笔下的硬汉精神更具人性的可爱。我既欣赏"重压下的风度"，也喜欢人生中我歌月徘徊，我舞影零乱，物我相悦的迂回姿势。

# 春 晚

樱花已残了。第一次来，它们才想开，第二次来，就残了。稍不留意，就错过。前人诗里有桃杏忽已残的句子，当时读来，草草而过，现在想起，"忽"字可以使人心惊。李子花刚开，李子树花叶皆美。小白花，繁密，绿意隐隐，也许是叶子映的。我站在树边，看了半天，也没弄清到底是不是叶子映的。这些樱桃花和李子花，我曾经在文字里那么动情地描述过它们。我曾经看着它们如同看着我热爱的女人。现在，再看上去，居然恍如隔世，此心已淡然如水了。

枸杞的叶子也长齐整了，枸杞芽清炒，具清热润肺功效。冬天，我曾计划春天采摘，但现在芽变成叶，已经老了，只好等到下个春天了。小南风悠悠而吹，黄昏显得悠远。暮天下，很多东西都显得悠远，缺乏坚实感。这些花，每一朵，都是这么美好、这么完整，曾经存在，悄然消失。生命如此真切，而又如此悠远，曾经存在，悄然消失。太美的东西，让人把握不住，不知怎么去爱。

# 四 月

四月了，人间四月天，一年中最美好的日子。四月是人间的，却有仙意。人间天上，天上人间，一年中唯有此月，让人难以分清。元诗里这样描写胡姬，"胡姬年十五，芍药正含葩"。四月就是诗里的这个胡姬，有爱意，也有爱欲，佻达冶艳，而又贞洁清淑。

端然又秾丽的生命，是无限春风里的一枝芍药。

花叶齐舒，虫声初起，一切都是新的，连亘古的日影与月色也都是新的。白露为霜，霜为白露。春天的雨水多，露水也多。在夜晚，你看不见露水的降落，只是翌日早晨，你才发现，那么多露水，原来都落到了应该落到的地方。田间地角，远村远树，都有澄清的气象，平凡的物象新妆初试，都成了风景。

多美啊，好日子让人有点舍不得过，就像一个孩子，面对一个包装精美的礼品盒，想拆开，又不太愿意去拆，人与天地只是喜悦地面对。古人用寸来计算光阴，说是寸金难买寸光阴。只有在四月，才能体会到光阴黄金般贵重的斤两。

很多心情，都是无端端的，细若游丝，欲断还连。发乎情，又止乎礼，有美丽而节制的惆怅。《诗经》里的春日迟迟，女心伤悲。连这也是无端端的。人间的很多东西，常常难以言喻。在四月的人间，好像已经爱了很多，又好像什么也没有爱上，人与人世就像久别而归的游子，夜阑更秉烛，相对如梦寐。

## 虞美人花

种了一片虞美人草，花开了，都是红的。我喜欢这种花草，每一朵花，都很脆弱，可是千百朵前赴后继地开放，便有了气势——

洪波涌起，一波未平，一波又起，直到油尽灯干，释放完生命的元气。一个日子，一个日子，如此平淡，积在一起，长了，便是人生的沧桑，味道重得呛人，甚至不能去回味。"寥落古行宫，宫花寂寞红。白头宫女在，闲坐说玄宗。"少年时读到此诗，便惊心于岁月的苍凉和生命的荒废。此时，又无端觉得，那如锦的宫花，应该是红艳的虞美人。再红再艳的花，在青春尽逝的女人看来，就像在无边的暮色或夜色中，一切都显得陈旧——啊，山花插宝髻，石竹绣罗衣，如此娇美、小小的一个人儿，一转眼，就老了。

《史记》里的重耳奔狄，这异国他乡的十二年，这每一个日子，都只是一朵花未开之前的蓄势，英雄霸主还是平凡之人时，他的日子看上去还只是平凡人的日子。蛟龙终非池中之物，而蛟龙在池中之时，与常蛇又有何异?! 一朵花，即便开后再美，但它未开之前，仍然不能称之为花。花开后，一朵花才算完成了自己。

以后如果有条件，打算种上几亩虞美人草，四四方方一大片，也要都是红的。旭日东升，或夕阳西下，朝霞满天或余霞散绮，一个人久久看一大片红花。如此想一想，就很好，我喜欢人生的浓墨重彩。曹操的短歌行：慨当以慷，忧思难忘。人近中年，面对美丽的事物，我仍会情怀激越，忍不住要拔剑起舞。

## 清　晨

清晨醒来就听到喜鹊叫，开门看见它们就在对面法院办公楼顶上，是星期天，所以它们才敢来。连阴了几天，初晴，阳光淡淡的，天晴了，持续几天的感冒也好了。美人蕉憋了几天的花穗开了一朵，通红，在柿树枝和芍药花茎之间，一只蜘蛛一夜之间拉好了一张网。网上有几滴露水和几只蚊虫，但蜘蛛却不知躲到哪儿了，我倒想看一看它狰狞古拙的样子。这棵柿树去年被我修剪了枝干，今年没结实。没办法，地方太小了，只能限制它生长。从它的角度来说，它要想活下去，就必须被限制，如果它死去，恰好腾下一个地方。

近期翻看《阅微草堂笔记》，看到里面提到很多百年老树。树大成精，居然会参与人类的世事伦常。它们的出现，当然都是在晚上，但这样的晚上一般要有月光。月光使众多树荫变成了故事的背景和重叠的帷幕，它们使一个和缓的世界变得幽深。在我们现在的时代，树当然少多了。稍大一点，便被电锯伐去，送到工厂制成纤合板。缺少树荫的覆盖，世界便显得空洞干燥。是的，一个没有树荫的世界是让人难以忍受的，单调，机械，缺乏想象力却又欲望盛大。

# 种　葱

在花椒树旁种了两沟葱，由于去年剪了枝，今年花椒结籽很少，疏落地点缀在枝叶间。葱秧子是妻子从娘家带回的，很大的一捆，每棵都很粗，葱叶青碧，葱白很长，已经可以吃了。古书里常用葱白形容女人的手指，《乐府诗集·焦仲卿妻》，"指如削葱根，口如含朱丹。"有人评价说，在这个世界上，唯中国女人的手指最美。

钱谦益的诗，我喜欢的少，其才学虽丰赡宏富，然终伤于用典过多。记得其诗《岁暮杂怀》中有句："看花伴侣青春少，种菜英雄白首多。"当然，这里面也用了典。《三国志·蜀书·先主传》载："备时闭门，将人种芜菁，曹公使人窥门。既去，备谓张飞、关羽曰：'吾岂种菜者乎？'……其夜开后栅，与飞等轻骑俱去。""种菜英雄白首多"即典出于此了。刘备种菜，实为韬晦之计，说白了，是乱世枭雄的一种行为艺术。但像我这样的人，养花种菜，则实无深意。我只是希望自己能渐渐热爱上具体朴素的日常生活，不再眩惑于那些奢华虚浮的东西。

# 番 茄

　　年年都要栽一畦番茄。

　　番茄的叶子苍绿厚实，看上去有点复杂，有异域情调。番茄喜光，喜水，纤小的黄花却结出硕大的果实，藤状的枝干支撑不住，需要扶持。番茄开花时侧枝旁会生很多小杈，得除去，不然会影响果实生长。除去小杈叫"打杈"。给番茄打杈时，汁液散发一种浓郁的气味，刚开始我不习惯，认为怪异，后来习惯了，又认为独特。番茄熟透时红艳艳的，很好看。作为观赏植物，也很好。

　　我其他的菜种不好，只会种些番茄、辣椒什么的。也许能种好，只是没耐心罢了。我在这方面又没有什么寄托，只是胡乱种，不像邵平之于东陵瓜、陶渊明之于菊。我只是无聊时找点事做，消耗一下自己。鲁迅在绍兴会馆抄古碑也是消耗自己。生命一日一日流逝着，有时想想也会感到慌恐。

　　我觉得自己如果不能趋于平和，也许会趋于极端。

　　六祖慧能说，心迷《法华》转，心悟转《法华》，我根器浅，读禅而不悟，只能做迷人。这么多年，就这样心不由己地过着。有些事情，我喜欢做的，却总是做不成；我不喜欢做的，却总是不得不做。

　　但栽一畦番茄，却是我喜欢做的，也能做好的。

# 鸡

　　有这么一个打算，如果能过上田园生活，就养几只鸡，公鸡和母鸡，公鸡打鸣，母鸡下蛋。门前或屋后，要留一块地，什么也不种，荒着。屋角要种一棵杏树，没事时，就坐在树荫下，翻一翻《聊斋志异》或《本草纲目》，看鸡找虫子吃。现在，我已经不太吃荤了，到时，我就完全吃素，过一种干干净净的生活。那些鸡呢，老了，死了，我就把它们深深埋在土里。我管不住别人不杀生，但我能管住自己不杀生。

我认识一个人，住在城里，过一段时间，总要回农村老家一趟。什么事也没有，跑那么远的路，就是为了听一听鸡叫。他说，黎明，特别是冬天，起早站在村头，听一听鸡叫，感觉心里很静。青黑的霜天里，远远近近的鸡鸣，一递一声。慢慢地，天就亮了。

《诗经·风雨》写"风雨凄凄，鸡鸣喈喈"，这应该是风雨初兴时的情景。夏天，下大暴雨，尤其是暴雨刚来临的那一会儿，鸡往往显得激动不安。不知怎么，这首诗，我第一次读时，就平白无故地感到，这雨是下在黄昏或傍晚，天很黑了，但还没有黑透，正是鸡刚刚上架或正在架上的时刻。昏沉的天地间，一个人等到了另一个人，温柔的心就像一朵花，扑哧一下，开得润润的，满满的。记得在周作人的文字里，曾顺便谈到过这首诗，大概说下这么大的雨，不太可能会有人来的，他这是推测。我倒觉得就是因为下了大雨，倒完全是可能的了。越是大风雨的时刻，两个人反而越希望在一起吧，这种时刻人往往是很孤单的。孤单的人相互寻找，我这也是推测，其实这都不是读诗的态度。小时候，我家的鸡栖息在院中那棵臭椿树的矮枝子上，夜里下大雨，我老担心它们掉下来。墨黑的夜，哗啦啦的雨，那些鸡湿淋淋的，一只挨着一只，沉默着。

读史，常读到一些人杀另一些人，杀得越多，功劳越大；越善杀，越著名。一个人杀另一个人，就像杀一只鸡，他们是那么喜欢杀人！窃钩者诛，窃国者诸侯，漫长的历史总是如此不讲道理。把一个人看得像一只鸡，或者把一只鸡看得像一个人，其实这种看法仍然是人的看法。在造物主看来，人和鸡本来就是平等的。

# 动与静

智者动，仁者静。从个人的本性来讲，我爱静，而不爱动。林黛玉的前生是一株绛珠仙草，我的前生也应是某种植物，生而为人，仍植物般地害怕挪移。我的姿势是守护式的，披散的，下垂的。月移花影上栏杆，很多时候，我发现自己动了，定睛一看，原来动的只是自己的影子，我是我，白石栏杆是白石栏杆，虽然相对终日，相看两不厌，最终物与我仍是了不相干。单单是为了冲破这一点点月色中的恍惚与错觉，春夏秋冬，我就已经自己和自己冲突了许多年。

动是散开，静是内敛。静极而生动，动极而思静，静中有动，动中有静，一动一静，一张一弛，动静相接，张弛有致，这就叫天道好还。现在社会，只有动，而无静；只有有，而无无；只有实，而无虚；只有色，而无空。燕燕于飞，差池其羽。心灵唯物质是求，而再无其他追求，就如一只燕子，无差池之羽，难以高飞。一元的价值观念、单一的生活现实，冷，硬，酷烈，弱肉强食。大家都遵循于动物性的竞争法则了，人而不仁，人而无爱。

昼长人静，天上是大白日头，五月的绿荫从空中降落满地，今日何日，这世上的光阴迢迢如千年，千年如斯。但忽然一阵风来，枝叶婆娑，光影零乱。就在这一阵风里，就已经时移世易，一切又都是今天的了。

# 乡野之亲

我对乡野有感应，有天然之亲。一沟一壑，一湾一坡，几摊灌木丛，或一个杂树窝子，远远望去，或置身其处，有时会突然感动莫名。名山大川却于我有隔。

十七岁，第一次看到大海，昏苍苍的大水直铺向天际，水面动来动去，一刻也不得安静。海风阵阵，显得粗野、霸道。是荒蛮的、未开化的，不知从何处来，也不知向何处去。人间岁月突然消失了，只感到一阵渺茫孤单。"南风之熏兮，可以解吾民之愠兮。"帝舜弹五弦之琴，歌《南风》之诗，以治天下。中国的文明之风从开初便是博爱与亲民，此风是平畴远野之风，而非暴烈冲荡的海风。这风里有人世的温煦和悠悠不尽的深情。

去了两次泰山，都没留下什么印象。只记得第二次顺路去时，旭日东升，一抹浓艳的朝晖打在一方青森森的峭壁上，两种个性很强的似乎相互冲撞、对峙的颜色，却不可思议地调和在一起，给人一种奇异的感觉。孔子登泰山而小天下，秦皇汉武封禅于斯。但我看泰山也只是一个泰山而已。只不过始皇帝淋了一次雨，我看了一次日出。

走在北方的平原乡野，我的心情常如宋人王禹偁的诗句所写，"何事吟余忽惆怅？村桥原树似吾乡"。我喜欢那些无名的、粗朴的、原生的风景。一尘一沙之微，一草一木之细，同样可以让人思接千载、视通万里。

## 心 树

入夏以后，我喜欢夜里开着窗子睡觉。窗外有白石榴树一株，粗已拱把，枝柯过于繁茂，绿荫铺张，密不透光，今冬伐去大枝数条，可见天日。若无风雨，五点左右，晨光熹微，鸟雀喧哗不止，就把人催醒了。在鸟鸣声里起床还是很好的，闻鸡起舞，太早了，也太紧张，那是英雄的豪气，而非生活的常态。人生可以走很长很长时间的路，却不能跳很长很长时间的舞；可以说很长很长时间的话，却不能唱很长很长时间的歌。正常的生活是平淡而有规律的，这样才可以长久。

"园中莫种树，种树四时愁。独睡南床月，今秋似去秋。"这是李贺的诗，诗里有秋声，我喜欢这诗里回环往复的声音，像风里的童谣，又像流水汤汤，不停地流呀流，流过来又流过去。风吹叶动，一应一和，相互感发，便成声响。其实，生活之中，何处何时没有干扰呢。种树也罢，不种也罢，都无关紧要，绿荫只是一种表象，真正的环节是心。曾经走得很远的心，如果回来，在一片小小的泥土里立足，那是幸福的。如果回不来，就走到哪儿是哪儿吧，把漂泊视为自己永久的家——也未尝不可。

但我也喜欢诗经里的这种贞定，"我心匪石，不可转也。我心匪席，不可卷也"，是这样的斩钉截铁，不给别人，也不给自己留下丝毫可商量的余地。

## 五月鲜

桃花很快就在春光里老了，一点一点变重，慢慢就变成了桃子。桃是早桃，到了五月，就熟了，这种桃子叫五月鲜。光听名儿，会觉得说的是五月，而不是桃子。桃子不大，圆圆的，很瓷实。颜色比桃花还艳，通红，红得发紫，像上了一层釉，油光光的，所以这种桃又称为油桃。桃花的颜色红得让人心动，悠然神往，却也不起邪念；桃子的红则简直是一种诱惑了，似乎诱惑大时，虽白蛇当道，亦可一剑斩杀，径直前去。

五月鲜，是味道的鲜，是色彩的鲜，也是风物节令的鲜。

桃树常长于仙境，不像荷花生于佛地。中国的仙境即是人境的理想化，虽难抵达，却可以近在咫尺。《幽明录》里的刘晨阮肇入天台山遇仙，仙人所食乃为芝麻饭、山羊脯、牛肉等，都是高营养、高能量的东西，便于男欢女爱。仙境在很多地方，甚至是人境的复制粘贴。天上碧桃栽和露，不是凡花数，桃花如梦，梦随流水，别有天地，梦想成真，即是桃子。而那天台山上的桃树，也正是结了果实的桃树。《华严经》里的华藏世界，重重叠叠的一个又一个的佛陀世界，莲花朵朵，纯一清净，纤尘不染，但感觉还是不及人间世界丰富明丽。人间世界，生生死死，花开花落，悲欢离合。"似这等花花草草由人恋，生生死死随人愿"，《牡丹亭》里的杜丽娘一声长叹。这世上有很多东西，留不住。留不住了，还想留，也还要留。

什么都不去留，也许大地也就荒凉了。

传统年画中老寿星肩上的那几颗寿桃，则硕大得多了，白中透红，桃嘴弯弯，弧度饱满，有造型美。小时候，看到那几颗桃子，总盼望着有朝一日能够手到擒来，吃掉它们。后来，才明白，那几颗桃子，是只能看的，只能愿想的。

有些东西，注定是只能看，不能摸，也无法摸。尽管你径直向前，后来会发现，原来还是远。

# 舒展记

很多东西，看上去是很舒展的。鸟儿在晴空回翔，翅膀忽闪忽闪的，样子最为舒展。鱼在水里游，一只或一群，只要不惊动它们，看上去都很舒展。还有蝴蝶，蝴蝶除了显得轻盈，也显得舒展。黄昏，炊烟浮起来，一缕一缕地散开，也很舒展。站在高地儿上看树枝，一条一条在天上走，树冠看去很是舒展。当然，塔松的树冠除外，塔松的树冠太严整了，整个是内敛的，放不开自己。

荷花在百花中最具舒展之美，花开后，一瓣一瓣向外张开。荷花有一个美丽的空间，花瓣中是花心，花心里是莲蓬，莲蓬里是莲子，一层一个世界，却又很通透。荷花很宁静，从来不发出声音，但也不是沉默。荷叶在雨中很响，但荷花却是静的。留得枯荷听雨声，其实是自己在听自己的孤单。

芭蕉浑身上下、里里外外都是绿的，芭蕉的叶子，那么大的面积，静静的，也给人舒展的感觉。金刚不坏之身，至坚至强，但还是显得紧绷绷的，太实了。芭蕉之身则舒展得多了，气定神闲，是一个似有实无的存在，所以芭蕉之身可得大自在。

风筝是舒展的，这是因为风筝都有一条线，无论飞多远，都和心相连着。一只风筝在天上飞，风把一个人的心跳吹得那么高、那么远。

万物静观皆自得，这里的万物，是自然之物，而不是科技之物。汽车、飞机、导弹，只能体现出速度和力量，不可能具备舒展之美。一个唯利是图的世界，是紧张而拘束的，一定充满混乱和压力。

《红楼梦》是舒展的，有气韵。《金瓶梅》没有气韵，所以只能是放纵的了。

# 枇 杷

说到枇杷，这里指的是树，而不是果。在北方，能结果而又常青的树不多，枇杷算是一个极少的例外。枇杷在春天落叶，有点特立独行，不是一阵一阵地落，而是一片一片地落，很稀。今天一片，明天一片，后天呢，说不准就不落了。千字文中有"枇杷晚翠，梧桐早凋"的字句，感觉很好。

枇杷，琵琶，噼啪，写出来稳定好看，叫出来响亮好听。不像"文河"这两个字，用来做名字，又俗又直白，没一点底蕴，波澜不兴。写文章的人，废名者不废，文河者不文。世间事，常如此。

薛涛写王建的诗，"枇杷花里闭门居"，枇杷开花时，天已经很凉了，但树影仍是那么端凝幽青，深秋或初冬的书案上有一张早已摊开的敏感的花笺，想写点什么，又不知道究竟写点什么。

喧嚷的人间，其实一直存在着很多这样温软雅致的角落，花开花落，光阴深静。只是枇杷的花太质朴了，那些喜欢吃枇杷果的人，倒未必真正愿意把这样的花放在心上。

# 菊 说

范成大晚年修菊谱，认为菊以黄为正。在传统的观念里，黄色属于至高无上的皇权，是龙袍的颜色。菊花又称黄花，却倒也没听说过有哪位皇帝怪罪过它的僭越。但菊花却不属于皇权，与牡丹、芍药相比，它是最野的。它不对皇权产生威胁，但它却潜移默化地改变生活。自陶潜之后，菊便有隐逸色彩。但"隐逸"一词，实则大可玩味。普天之下，莫非王土；率土之滨，莫非王臣。隐逸，并非逃避。相反，它意味着远离正统秩序或在正统的秩序之外，从而尽最大可能地获得自身的完整和独立。

记得小时候，我父亲从街上买回过几瓦盆菊花，放置在茅檐下。其中一盆，花朵清瘦疏散，花瓣淡紫，隐现青碧，卷曲如线。父亲说，这叫龙须菊。夕阳西下，疏林外，归鸟连翅而飞。一阵紧似一阵的秋风里，此菊芳香幽远、沉潜，有萧散之美。此后，众多菊品里，我对此种情有独钟。后来，这也导致我产生了一个偏见。我以为菊就应该以瘦为美，它就应该是清瘦的。菊花一旦变胖了，就相当于变节。这让我情不自禁地想到贪官，或贪官夫人。既然生而为菊，就应该属于无边霜露，属于万里清秋，于众芳污秽中独标风骨、一枝独秀。若求仁而得仁，又何憾。

《红楼梦》中潇湘妃子问道："孤标傲世偕谁隐，一样花开为底迟？"这虽是一问，却也没法去回答，也不能回答，一回答，便把人生的一切都坐实了。人生大于诗歌，更不是数学，并非都有答案的。很多时候，问，即已经是答了。这也像贬谪中的秦少游,他也曾问道:"郴江幸自绕郴山,为谁流下潇湘去?"这也不能回答。苏东坡虽喜此句,也从不会去想着回答的。

# 晚 雨

雨是在傍晚时分落下来的,好久都没落雨了。蒋捷的词《虞美人·听雨》,少年时读来,暗自艳羡那种"少年听雨歌楼上,红烛昏罗帐"的旖旎,到现在,才算是明白了人这一生其实是——"悲欢离合总无情"。这期间,个中况味,难以说清。这世上很多事情本来就不需要说,更不需要说清,是人自个儿忍不住偏要说的。佛就不说,佛只是拈花一笑而已。

整个囫囵冬天基本没下什么雨,也没下什么雪。算是暖冬,旱冬。但这可并不是什么好事情,俗话说,"该热不热,五谷不结;该冷不冷,人死断种"。打了春,没过几天,天气热得不正常,最高气温居然达到二十几摄氏度,柳条迅速返青,发芽;樱桃树眼看着就要开花了,桃树也立马打了骨朵。可忽闪一下,气温又骤然下降了,脱下的棉衣只好又重新穿上,只是那些果树就没办法了,花骨朵、花蕾、花苞只能在枝上冻着。今年的果树一定大大减产。什么事,反了常,就往往不好。

最近一直在读《资治通鉴》,读着读着,发现好不多久,天下往往就又乱了,杀了很多人,死了很多人,几万几万地死,几十万几十万地死,一下子就都死掉了,那么多的生命,沦入死寂,万劫不复。都是人杀人,但又能怎样呢?小事情有道理可讲,大事情也许有大道理可讲,太大的事情往往就没什么道理可讲了,这很类似庄子所叹,"窃钩者诛,窃国者诸侯"。但这就是历史。多么漫长的历史,若是人,也一定白发三千丈了。世上本来没有我,以后也不再有我,在漫长的历史和冥冥之中,我只是一个过程,一个闪现。感觉我此刻存在着,很真实,又很恍惚;很卑微,又很可贵。

雨滴很疏，但很大，一点也不像春天的雨，一滴一滴打在枇杷树又厚又大的青叶子上，吧嗒，吧嗒，很响，又很空，有金属的韵，很久才有一滴落在身上。我站在树下听了会儿雨声，其实雨声也只是雨声罢了，抬起头，却只见天色慢慢黑了过来。

# 旧家具

家具用久之后，当初那种新鲜的色彩就无可挽回地变旧了，变得暗淡。这种改变极其缓慢、细微，改变的过程难以觉察，只有过了很长时间后，你才能慢慢看到。就像生活，日复一日，年复一年，仿佛周而复始，其实是直线性的，静静向前，一去不复返。等你意识到它的变化，许多年已经过去了。

旧家具散发着旧日生活的气息，散发着旧日时光的气息，这气息也是陈旧的，幽远的，凝滞的，富于回忆性，似乎并非这些家具本身的气息。而这一切只对拥有者本身有意义，就像一小块玛德莱娜小甜饼之于普鲁斯特一样。当别人置身于你的旧家具构成的场合，对于他们来说，旧家具的气息只是旧家具的气息，只是一种客观性的气息，没有任何特别的内涵。人与人之间总是渴望沟通和理解，但这也恰恰说明了人与人之间存在着某种根深蒂固的封闭性。如果没有河流，就不需要桥。

桌子啦，椅子啦，沙发啦，床啦，衣柜啦，杂七杂八的什物啦，这些组合起来才有意义，分散开便成为生活的残骸，它们的气息就消散了。它们像生活一样不可分割，相互关联。但它们之间的关系各有轻重，比如桌子和椅子之间的关系，相对于桌子和床或椅子和床之间的关系，要近得多。而床和衣柜则相辅相成，衣柜往往就置放在离床不远的地方。在这些家具中，桌子的分类要多些，书桌、办公桌、餐桌、几案等。一个人不可能长时间地站着，也不可能长时间地躺着，沙发和椅子的性质具有某种过渡性和临时性。床的意蕴最为丰富，床是生命的开始和结束之处。《铁皮鼓》中的奥斯卡·马策拉特说："我的床是我最终到达的目的地。"最终的目的地其实应该是坟墓。死亡是最大的现实，也是最容易被人忽略的现实。床是休憩的地方，也是梦想的地方；是停顿的地方，也是出发的地方；在这儿有幸福，也有痛苦；有激情，也有疲惫；有快乐，也有寂寞；有沉睡，也有失眠；有喜剧，也有悲剧。在一些特定的时刻，床是一个最为隐秘的场合。

你只要不丢弃它们，旧家具只能越来越旧，它们散发出的气息也就越浓。当然，消失是所有家具的最终命运。我对旧家具充满感情，这说明我已经过了喜新厌旧的年龄了。

## 把中断的继续下去

现在，需要把许多中断的事情继续下去。把临了一半的碑帖继续下去，把那些古拙的字体一笔一画地认真写完，让那些石头上的古老的生命痕迹，穿过苍茫的时光，延伸到一张洁白的纸上。那本马尔克斯的小说，《霍乱时期的爱情》，曾经期待了很久，期待了许多年，有一天，终于得到了，读了一半，却丧失了阅读的欲望，于是长时间搁置下来。那个炎热、潮湿的加勒比海边的世界缺少理性，适宜于酝酿冲动的情感，适宜于纵欲和身体的暴露——苹果树、月桂树、香蕉树连绵不断的浓阴，怪异的虎斑纹鹦鹉，无穷无尽的夏天的感觉。现在，应该把中断的阅读继续下去，让阿里萨和费尔米纳漫长的爱情继续下去。让爱作为一种信仰继续存在，这样，我们才能在这个支离破碎的世界上拥有"爱的能力和受难的能力"（布罗茨基）。把走了一半的路继续下去，整个冬天，那个渐渐接近中年的男人，带着一种哈姆雷特式的厌倦之感，徘徊在一座荒凉的小径交叉的幽暗花园、一座内心的迷宫，却没能把任何一条小径走通。把黑夜中擦火柴的动作继续下去——哪怕这个动作是虚妄的——让那瞬间的闪耀继续下去，直到点亮一个虚构的永恒的灯盏。"栗子树黏着寂静"（拉金），花朵中断的绽放当然也应该继续下去，直到所有的花都抵达果实，这样，翅膀中断的飞翔就会在广阔浩大的天空继续下去，就能在黄昏时，找到那片茂盛而温暖的栗子树林。把打破的沉默继续下去，把唱了一段突然暗哑的歌声继续下去，把悲伤继续下去，把幸福继续下去，把哭泣继续下去，把欢笑继续下去，把梦想继续下去，甚至把人世的疾病和死亡继续下去——把生活继续下去——把对生活的热爱继续下去。

2010—2011 年

# 冬天，冬天

## 冬天的月亮

冬天的月亮，说的是黎明前的月亮。起得很早的人，推开门，看见地上有霜，有光晕，有树影——是一根一根的树枝的影子，而不是一摊一摊的树叶的影子。硬硬的，瘦瘦的，很静，疏密有致。花好看，叶也好看，花叶都没有了，枝也好看。月亮在西半天挂着，说"挂"，其实是不确切的。天空那么平阔，是没法"挂"的。但总得有个说法。阴历十八、十九的月亮，不太圆了，下面的边儿像用镰刀或者其他东西割去一些，有点糙，但还是很亮。不是明亮，是清亮。远远的地方，有大公鸡在啼叫。一只，两只，很多只，高一声，低一声，一唱一和，彼此呼应。那个地方就显得又寥廓又浑茫。站在这儿，听了一会儿，就想拉着谁的手——比如，那个在山高水远的时光深处，低声唱《子夜歌》的人——到那个充满声音的地方去看看，然后，又走很远很远的路。

## 冬　天

12 月的天气，交了九，已经很冷了。坐在三楼的窗前，读川端康成，《山音》，里面有一种既纯净又幽微的暧昧感。川端康成的作品读了很多，基本都读完了，有些甚至读了许多次。如此沉迷于一个作家，尤其是这么一个感受性敏锐纤细至极的作家，我想，在哪个地方，我已经出了问题。过于喜欢黄昏、傍晚、黑夜、房间、虚构性的人物，而对大街和人群心怀畏惧，对这个世界产生对峙感。我想，我肯定出了问题。天空渐渐暗下来，合上书本；看到窗台上有一抹橘红色的夕光，还没有消失，又明艳，又温暖。一只麻雀，飞向对面那一小片空荡荡的杨树林。大街上人来人往，有的偎拥着，男人和女人。也只有男人和女人，才会离得如此之近，近得时常相互伤害。

——这是 1998 年的情景。

时光改变了很多东西，包括心灵。

川端康成是早就不读了。

## 冬天的星

星是黄昏的星，那么大的天空，开始却只有疏疏的几颗，很大，像灯，不是电灯，是旧时的马灯，玻璃灯罩擦得晶亮，在房檐下挂着，被风吹得一闪一闪的。1989 年，深冬，大病一场，差点死去，在县城医院躺了一个多月。记得有次，黄昏将尽，天光犹亮，靠窗读莱蒙托夫的诗集，读到"黄昏的星啊，忧郁的星……"这样的句子，眼眶一下子就湿润了。那时我喜欢一些忧郁而抒情的人，拜伦，雪莱，普希金，海涅，当然，还有莱蒙托夫。那时我才 16 岁，青春年少，还不了解生活，还不曾经历过爱情。

工作以后，有年冬天，下乡，到一个叫肖口的镇子，回来时天已黑透了。没有风，干冷干冷的。在一座水泥桥上站住，看满天的星，从青灰的天边到幽蓝的天心，密密麻麻，垂垂如珠。似乎平生第一次见到如此华丽又如此庄严的天宇。记起了王国维的词句，"摘得星辰满袖行"，感觉豪逸得有了仙意。

　　北方的冬天是异常简洁的。树木早已落光了浮喧的叶子，工笔的枝冠劲瘦疏朗，像玲珑的珊瑚，又像篆刻。各种声音都止息了，静夜，留鸟栖息在这些枝冠上。刮了一整天的风停下来，似乎也在这些枝冠上酣睡着。透过这些枝冠看星星，清光炯炯，像秋天遗留下的坚果。站在树下，会让人想起许多过去的事情。

# 蜡　梅

　　进入腊月，蜡梅开了。一朵，一朵，澄黄。枝上的枯叶还没落光，有几片在上面耷拉着。桃树是先开花，再长叶，蜡梅是先落叶，再开花，都很好，都很美丽。桃花比梅花艳，但没有梅花香。反过来，也可以这样说，梅花比桃花香，但没有桃花艳。其实我是不应该拿二者来做这样的比较的。比较过来，比较过去，桃花仍是桃花，梅花仍是梅花。——这只不过说明了我还是一个执着于观念的人。看什么好，就喜欢什么，不多想，这样才好。古代人家的丫鬟喜欢叫梅香。梅花也真香，冲鼻子，每一朵都香，都很洁净。不像人，有好的，有坏的，还非常复杂。梅花残了，也不落，仍在枝上缀着。春天，梅枝发芽，芽长成叶子，叶子好大了，去年的残梅还在枝上缀着。

2010 年 12 月

# 石榴树

　　我曾在一个偏远的小城生活过，蜗居于二楼的宿舍。读读书，写写字，有时什么也不干，就那么虚虚静坐，在一片空朗的宁静中，品味淡淡的孤寂。

　　楼下有户人家，每天夫妇俩匆匆忙忙地上班，留下一个独生女儿操持家务。

　　那女孩十八九岁的样子，端庄清秀、玲珑饱满，爱穿一身绯红的衣服。我推测，她一定刚从学校回来，没考上学，在家待业。

　　她家种有一棵高大的石榴树，繁枝茂叶郁郁葱葱，遮了半个院子。她常在树下浣洗，把衣服搓干、拧净，抓住领口利索地抖几抖，然后踮起脚，努力地把它挂在突兀向阳的枝上。

　　没事了，那女孩就坐在清澈的浓荫中望枝杈间那轮被染绿、泡软的圆太阳，或者把满头乌发披散开来，编成一条条细长的小辫子。这时风轻轻吹动翠绿的叶子，整个院子温暖而宁静。

　　那女孩真是美丽，该只会高兴了微笑、伤心了哭泣，从不懂得发脾气、使性子吧。如果做了谁温柔的妻，那个有造化的一定是天底下最幸福的人了。

　　有一次，读写之余，我正呆雁般地看着她，她却偏也忽然抬头望我半掩的窗。我害怕那目光，一下子心慌意乱起来，忙扭转目光，看蓝得令人心醉的天空，天上有忽闪而过的鸟儿。

五月里，石榴树缀满了花朵，红艳耀眼，一次黄昏雨后，我被它水淋淋的模样惊呆了。它是怎样的美丽啊，清新妩媚，仿佛一首抒情的诗，仿佛一个难以置信的童话。那个女孩袅袅婷婷地走来，小心地把含苞欲放的两枝剪去，碰落了满枝蓄雨。

那夜雨霁，出了月亮，圆满皎洁，天地一片清辉，我先是失眠，而后又做了一个奇怪的梦。我梦见自己从月亮中飘落，雪片般，羽毛般，柳絮般，轻轻盈盈，恍恍惚惚，时而打转，时而直坠，无法停留，无法自控，最后终于被一朵最大最艳的榴花接住，在蕊中，我看见自己通体透明，晶莹闪亮，变成了一滴清露。

后来，我也有了自己的居所，我也在自己的院中种了一株石榴树，每日呵护备至，但总觉它长得太慢、太慢。

1992 年 5 月

# 风荷书院

　　风荷书院无书，那夜也无风，荷倒是有一大顷。院落是仿古式建筑，朱漆的折扇子木门，样式复杂多变的花格子窗，雕梁画栋，一切都是古香古色的样子。《红楼梦》中说假作真时真亦假，世事本来就真假难辨的，我推门进去，一下子就觉得进入了某个逝去的朝代。开窗就是一片湖水，此湖在宋朝很大，很著名，沧海桑田，岁月悠悠，现在此湖却已经小得可以揽之于怀了。十年河东，十年河西，再过十年，说不定河都没了，这就是世事。

　　从书院窗口可以看到湖对岸土山上的一个小寺院的灯火。上午我去过那儿，一个老和尚正用除草机除草，阳光中青草的气息四处弥散，老和尚一脸家常的样子，怎么看都不像个出家人。寺院的大殿里有一股无法打碎的寂静。我见佛是不拜的，我认为佛也不需要去拜，佛讲究的就是个平等。越高深的思想就越讲究着生命的平等。但我从香案上求了一支签，签语是"欲除烦恼须无我，各有因缘莫慕人"。我立即喜欢上了这句话，我觉得这句话我应该牢牢记一辈子。

　　我到生地方睡不着，看了几页张岱的书，更加睡不着了。于是出来在院中的假山前站了一会儿，看满天繁星，然后穿过一个小小的回廊，来到了一片梅林前，夜下了很重的潮气。这是一个正开发着的景点，白天游人稀少，晚上游人更加零散。我突然感觉到自己的空旷，有点后悔在这儿过夜了。如果有车的话，也许我会立即乘车赶回市内，但没有车了，我决定明天一早就赶紧回去。还是回房睡觉吧，睡不着也要睡。从梅林折而向西，绕过几株海棠，远远地，我突然看到一个袅娜的黑影在廊前的左门旁站着等我，心头不由得一愣，猛然间就想起来了，那其实是白天里的一小丛湘妃竹。

2005 年 6 月

# 去 影

## 深夜的火车

那个小镇靠近铁路，我来时，刚通火车。白昼的喧哗往往掩盖了火车的轰响，但夜晚，声音就特别清晰，每每把我从沉睡中惊醒。

记得我曾在某本书的边角写下这样的句子："火车来了，是在深夜。梦被碾得稀碎。"这个句子也许有点忧伤。

我记得那时的情景，似睡非睡中，就听见火车从远处驶来。开始，隐隐约约，像钢笔尖从一张白纸上划过。后来，轰轰隆隆，带着震撼性，仿佛近在耳畔。——仿佛是火车驶向耳畔，而不是火车的声音。再后来，又渐渐消失，什么也没留下。这个过程就像回忆载着隐痛，从胸口——这荒凉的平原——一闪而过。开始很重，后来变轻。一切都很真实，但又仿佛什么都不曾发生。

火车驶过，拖着漫长的黑夜，漫无边际。火车到达黎明还得多远？矮矮的房子，人醒着，窗外是树，枝上是巢，巢上是满天的星。风在空中吹着，很高，很远。

我想象出这样一幅画面：长长的铁轨，一列火车，车厢空空荡荡的，但靠窗的地方坐着一个人。那个人脸朝外，看不清楚表情，他的眼睛里好像看见了什么。

火车到达黎明还得多远呢？

# 看电影

刚到城里那段时间，孤身一人，晚上无事，常到电影院消磨时光。但我看电影，也许并不是真正喜欢看什么，而是喜欢电影院里那种独特的氛围，喜欢看电影这种打发时间的方式。

暮色降临，华灯初放，走在喧嚷的大街上，却仿佛走在某个陌生的平原。有时候，我喜欢这种感觉。我在大街上走一会儿，然后，就走进电影院，选个偏僻的角落坐下来，静候电影开始。

电影散场后，往往已是深夜。大街上冷冷清清，似乎空旷了许多。岔道口的那盏路灯下，靠着电线杆子，卖爆米花的小摊子还没有收，那个中年小贩还静静守在那儿。都这个时候了，还会有生意吗？然而还不死心，还期待地站在那儿……那寂然的身影让人看着恍然若失。有几次，我老想找他说说话，还有一次，我忍不住一下子买了好几包。尽管我那时对爆米花一点儿也没有兴趣。

就像读书不求甚解，我看电影并不追求故事情节，只是对那些画面兴味盎然。瞧，那些街道、树木、商店、小摊子、广告牌等，它们本来只是生活中最真实普遍的图景，现在被选择、被拍摄、被剪辑、被利用、被我重新注视，它们重新焕发出某种新鲜的色彩。"不识庐山真面目，只缘身在此山中"，换一个角度，拉开一段距离，生活焕发出一种陌生的魅力。注视着那些画面，有时，我觉得自己似乎握有某种可以随意左右生活的主动权，享有某种高于生活的优越性——自由、超然，而且幸福。

# 牵　挂

在那个城市，我和她是老乡，朋友聚会时偶尔见个面。除此之外，就没什么联系了。

记得那个秋夜，我们这群年轻人因为喝了酒，个个逸兴遄飞。后来，我们在郊外一条长满大叶杨的小路上散步。

空气潮湿，在银白的月光中，黄叶三三两两从头顶飞落，脚下已积了厚厚一层。我有点失态了，破天荒说了许多平时绝对说不出口的话。简直变了一个人。我突然说了那么多，当然与酒有关。也许还与月亮有关，与飘满黄叶的夜晚有关。

有双亮晶晶的眼睛一直默默望着我，我知道，这是她。

大家分散时已是深夜，我摇摇晃晃回到住处，却睡不着。突然，电话铃响了。丁零零——丁零零——响了两下，却又戛然而止。像串藤花，刚开出来，却旋即凋谢了。

我以为是串线，但过一会儿，电话重新响起。

我拿起话筒，问是谁。迟了迟，那边才传来她温柔的声音。她说，没有什么，就是问一下，你的酒意过来没有。

原来是怕我喝多了，有什么闪失。

我握着话筒，想说谢谢——又没说。月光如水，从窗外照来，在脚下积成汪汪一片。

她也感觉没什么可说的，顿了顿，说，那——再见。

由于老家生活消费水平较低，住房价格便宜，权衡利弊，我决定还是回老家生活。而她，继续留在那儿。很快，我们就失去联系了。

## 美好的消息

前几天，还是阳光融融的好天气，今天却骤然变冷。梧桐树枯黄的树冠仿佛害了伤寒，在风中不停地颤抖。

落雨了，零零星星，大街上行人匆匆，寂寥的营业室里只有我一个人木然独坐。这个时候，真想回到家里，躺进温暖的被窝看消遣性的杂志，或静听窗外一阵紧似一阵的风声，什么也不做。

候鸟都飞回南方了，那儿充满阳光、云朵和宁静的绿色阔叶林。我羡慕候鸟那种可以自由飞翔的生活方式。

一位长发飘逸的女孩走过来，她黑亮的眸子里闪耀着天真明亮的光泽。这种光泽只能产生于幸福、单纯、无忧的心理状态中。她亲善地打量我一眼，然后背过身去，看沉郁郁的天空。

她在等人。

我低着头，无聊地翻看上个月份的旧报纸，时间在静静流逝。

忽然，那女子转过身来，敲敲我的玻璃柜台，用惊喜的口气告诉我："外面下雪了!"

说完又为自己天真的鲁莽而报以羞赧的一笑。我也笑了。"下雪了"，这一平常的自然现象，本来算不了什么事情，但不知怎么，我的心情却不由自主，一下子明朗快活起来。

果然，外面开始飘起了轻盈洁白的雪花，像柳絮，像梦，在空中久久打着旋儿。

一位长发飘逸的美丽女子，忽然转过身来，用惊喜的口气告诉你——外面下雪了! 陌生的她一下子给你带来了意想不到的好心情……

这场雪仿佛变成了一个小小的童话。

## 黄昏的车站

我曾有过一次夭折的行动。结婚不久，快过春节时，我不顾家人反对，突然冲动地做出一个轻率的决定，就是到南方某个城市去谋生。

前往车站的途中，正是黄昏。夕阳红红的，从天空缓缓坠落。当我来到车站，夕阳已经消失，夜色眼看着就要降临了。

　　候车室里人声嘈杂，那种嘈杂声形成一种车站特有的氛围，充满某种命运的未知和幽眇。突然一股茫然的情绪从心中浮起，仿佛别人都有一个明确的目标，而我却是任性而为。随着时间推移，这种感觉越来越强烈起来。

　　在车站入口处检过票，我随人流涌向那辆火车，我开始产生一种绝望的心情。但现在，已是箭在弦上，不得不发了。就在这时，手机响了，传来母亲苍老的声音，接着又传来妻子的啜泣声。那一刻，我远去的意志一下子崩溃了。快要踏上车厢时，我停了下来。

　　火车轰鸣着远去，我呆呆站着，目送它越来越快地向前驰去。

　　火车开走后，世界一下子安静下来，火车把很多东西载走了。我听见自己那种不安分的心跳一声紧似一声地响着。过了一会儿，我拉着行李箱缓缓返回，有深深的失落，有淡淡的庆幸，有自己对自己说不出的鄙视，五味杂陈。

　　后来，我言不由衷地把这次退却的理由，归结于黄昏。我想，如果是黎明，朝阳初升，在一种复活与新生的时刻，我就会和许多事物一起，拥有一个未知的开始，也许，我就不会在火车已经检票后返回了，我会义无反顾地前往那个城市。那样，我的生活就会发生一种根本性的转变了。

　　很长一段时间过去，每当经过车站，我凝视着那些远行的背影消失于梦想的天空之中，我还会遗憾自己不是他们中的一个。

## 拉二胡的老人

　　我常在黄昏时到那条路上散步，那条路叫知春路，位于北航西门附近。为什么叫知春路，不知道，路也会知春吗？也许每个人都有一条路抵达自己的春天。路边有一排粗大的垂柳，柳树是知春的，柳树是春天的镜子。但冬天，柳叶失去了光泽，显得枯黄。

一天黄昏，我又到那条路上，我见到一个拉二胡的老人。他坐在一棵垂柳下，慢慢拉出一支舒缓的调子。太阳偏西，冷风很大，老人的面色又苍老又憔悴。他前面放着一个破瓷缸，里面是路人投掷的几张一元毛票和几个一元硬币，身后有一个蛇皮袋子，袋子里装着过夜的棉被。行人稀少，匆匆而过，没有人停下来，但老人仍然执着地拉着那种低沉的调子。

二胡天生气质哀婉，无法奏出欢快的调子。即使欢快，给人的感觉也是强颜欢笑。

风把二胡声传得很远，我停下脚步，听着。只有我一个人听着，仿佛我也变成了二胡声，随风飘入无边的黄昏。

第二天早晨，我早早起来，又莫名其妙地跑到知春路上，那个拉二胡的老人已不见了。路边空荡荡的，一排垂柳依然，路口来了一个拉板车卖橘子的乡下人。橘子金黄，又大又圆，我在那儿站了很长时间，也没见一个人来买，倒有好几个跑过去问路。

1997 年

# 梦 荷

## 一

工作前的那段时间，我一个人住在这个小城里，整天东游西逛，无所事事。城东头有所中学，紧靠西门的一个角落，有个小院，院内住着一家退休的老教师。

我父亲和他们是小学同学。

老两口极恩爱，他们常在院子里的葡萄架下下跳棋，就这样让生活从指间轻轻流走。院子里鲜花盛开，姹紫嫣红。

他们有个独生女儿。

那女孩常在花丛中看书，静静的，一看就是很久。她站起来时，头上身上落满红的白的花瓣。两位老人会装裱字画，我有时抱些字画找他们，看见那女孩，就大声喊，喂，小心别把眼睛看近视了！她听了，冲我嫣然一笑，袅袅婷婷地站起来。阳光中，有花瓣纷纷扬扬地飘落。我把字画交给她父母，她也好奇地凑上来，并且兴致勃勃地谈论一番，发表一下自己的见解。她的见解常常远远超出传统成见之外，有着意想不到的新颖。

这是一个聪明灵秀的女孩，她家客厅的西墙上有幅泼墨大写意的荷花图，两三张墨汁淋漓的大荷叶间袅娜出一枝猩红、欲开未开的花骨朵，粗犷中旁逸出细柔。那荷叶着墨浓到极点，是黑云压城城欲摧般的浓重，但又不让人感到压抑，反而有着随时被风依依吹起来的飘扬。花骨朵虽欲开未开，但显然是犹抱琵琶半遮面之意，骨朵中蕴藏着一股生命正在挣脱某种束缚的努力。整个画面轰轰烈烈，美得让人喘不过气来。

中国的传统绘画，山水人物之外，就多是花鸟鱼虫、梅兰竹菊了，题材既多雷同，构图便常千篇一律，鲜有精品。但这幅荷花图却很好，我很少见过如此大胆张扬的作品。奇怪的是这幅绘画却没有作者的题名，只钤一方闲章——"可惜一枝如画为谁开"。

我问女孩，这到底是谁的手笔？女孩淡淡答道，我呗。

## 二

我常到她家去，也许是看画，也许，看她。

有时，我们坐在院子里的那张小石桌旁喝茶。阳光静静照着，温暖，明亮，仿佛不是今天的阳光，而是千百万年前的阳光。这样的阳光照到身上，有种地老天荒的感觉。玻璃杯，绿茶叶，满杯的水也是绿的。清澈透明的绿，像初夏的颜色，把她修长而秀气的手指也映得绿莹莹的。

我突然注意到她身后有朵红芍药开得正艳，奇怪自己怎么这时才看见，正想告诉她，却感到后颈突然被谁有意无意地拂了一下，我不禁呆了呆，猛一回头，原来是一条幽幽的紫藤从架子上垂了下来，微风里轻轻拂动，仿佛一条古典的绿袖子。她看着我心神不定的样子，忍不住笑了起来，喷了我一身茶水。

久阴的天空终于酿出一场雨水。那天，我实在不愿意这么早就回到自己的住处，就邀她出去散步。

一把伞像一茎宽大的绿荷。雨声近在咫尺，叮叮咚咚地响在眉间心上。我们就像两条从荷叶田田的宣纸上游出的鱼儿，恍然间，就游到了这车水马龙的人间——身上还带着另一个世界的清水、花朵和叶子……另一个世界，没有时间，烟水茫茫，渺远的呼唤在天地间游丝般绵绵萦绕。两条鱼儿，游呀游，想寻找一个最幸福的地方，结果游到了彼此的感觉里。直到这时，它们才感觉到彼此各自的存在。

回到住处，拉亮廊前的灯，看见那株老葡萄树湿淋淋的。几片青翠的叶子在积水里漂来漂去。我在廊前站着，听雨。点点滴滴，点点滴滴……觉得自己仍有点恍惚——似乎这一辈子已经永远切切实实地拥有着什么了，但又似乎什么都还没拥有。

那天，我和她，无边的雨声里说了很多话。但究竟说些什么，第二天想想，竟记不太清了。

# 三

学校后面有方荷塘，暑假，学校静悄悄的，寂然无人。

水面荷花盛开，黄昏，我们坐在水边看洁白的荷花，看被风吹动的叶子，看我们的影子映入水中，静静的，像两条鱼。我们仿佛又回到了前世的水里。头上是七月渐渐暗下来的天空，她的脖子真美，细细的长长的，像荷花的绿茎。月亮升起来了。我们在荷塘边发亮，像两颗溅出银河的星子。天空很近，几乎碰住了额头。

她说，你听见鸟儿的叫声了吗？

我望望天空中的树冠，什么也没听到，什么也没有啊。

过了一会儿，果然有翅膀滑动的声音，像露水从荷叶上滑落。幽微之极。

后来，我吻了她，仿佛体验了一场梦。

好多年后，这场梦还在我的舌尖上留着。

我不知道这场梦怎么才可以结束，它还在延续。它始于一片阳光下的花丛，蔓延到一个月光中的荷塘。

　　两年后，女孩顺理成章成了我的妻。三年后，成了孩子的母亲。若干年后，成了我的老伴。

　　最后，成了无数故事中一个平凡的故事。

2004 年 6 月

# 北航札记

　　冬已经很深了,北京航空航天大学校园内仍然落叶萧萧。一大片一大片的叶子,有人在树下堆成了一个个大大的"心"形的图形,非常浪漫。但风一吹,就散了。

　　我从寓所走出,常碰见车辆从林荫道上缓缓驶过,车后落叶翻腾,恍惚中我就觉得这儿还是秋天。只是秋天的质地已经残破陈旧,如一本古老的线装书,静静搁在那儿,手一碰,有细细的灰尘扬起。

　　我住在北航校园西门内,刚来时,我到处乱跑,找景点玩,但看着看着就没心劲了。对于那些著名的景点,我一向没有感应,朝三暮四的历史是生命的人走茶凉,空自剩下秦时明月汉时关,历史景点似乎总带着一点烟消云散的荒落。在这样的场景中走马观花,道听途说,看着看着觉得自己倒被丢失了。我喜欢带点生命温度的事物,有着现世的观之可亲的平和与质朴,可以把握,也可以融入,物我之间有着可以出出进进的随意。这样的事物给我带来一种心灵的波荡和绵长的记忆。有年春天,我去天高地厚的陕西,上午时经过某个小小的村落。树叶生长,树梢又一次升高。当我从村头匆匆走过,沉默中突然有村姑温柔多情的歌声在身后高亢地响起。蓦然回首,歌声在耳,不见人,却看到满树缤纷的桃花，我一下子就怔在了那里。

接下来的日子，我多数时间只在北航附近转悠。早晨，吃过饭，我就在北航校园内散步。那儿有个小小的花园，全开放性的，从四面八方都可以抵达。花园里有老人，有孩子，还有一些恋爱着的学生，旁若无人，执手相看。天气一直晴朗，阳光很好，不太冷，我在花园里散会儿步，就在那个紫藤架下的石桌子旁坐下，看看书，发发呆，间或在纸上记下一些零乱的想法。紫藤没有叶子，只剩下盘曲纠结的老藤。旁边的大杨树，叶子还没落尽，偶尔一叶落下，很沉的样子，笔直地从天而降，"咣当"一声，落叶归根，直达目的。

午饭后的时光，我会到那条叫知春路的路口走走。然后坐在大柳树下的水泥栏上，看那些永远也流不完的车流，从来处来，到去处去，看不到起点，也看不到终点。那是一条快行道，车声如潮。那种急促的沙沙声，一阵紧似一阵，宛若急风暴雨，在这种氛围和节奏中，你会觉得停顿就是被这个世界抛弃和遗忘，停顿就是在生活中失去一切，停顿甚至是一种罪过。在那儿坐一会儿，我就会感到惶愕，想立即跑回家乡去。子在川上曰：逝者如斯夫。孔子如果站在今日的高速公路上，又该发出一声什么样的感慨？川流不息的车流带走了那么多，这个世界似乎就这样一小块一小块地被运走了，生活变得越来越空洞。于是，我们在生活着的同时，就总爱去关注那些生活之外的多余事物了，似乎不这样，生活本身便会变得多余。

北航西门对过，有个乌有之乡书吧。在一个院落内，二楼。主人是个三十多岁、中等身材的男人，戴着眼镜，据说是北大的一位研究生。我喜欢这个书吧的名字，遥远，虚渺，远离尘嚣，然而又似乎切切实实地存在着。书吧的内容倾向于人文社科，木质的楼梯与扶手，楼梯旁的墙壁上贴着列宁、毛泽东、切·格瓦拉的图像——宽可走马的额头，理想主义的救世情怀，目光坚定，神情深邃，典型的伟人气度——层层向上，一直引导人们走向精神的更高一层楼。楼上是清灰的返璞归真的砖地，宽大的木案，别出心裁的小点缀，散发出一种静静的理性的清灰色的光芒。这个书吧本身就是一种理想主义的孤芳自赏的存在。平时人很少，黄昏时分人更少，我常在黄昏时分到这儿读书。此时只有我一个读者，四周静悄悄的，房间四角的音箱里播放着一支时而低缓时而急促的歌曲。是一个中年男人忧伤而又清澈的嗓音，略带疲惫与无奈。那种疲惫是与某种事物长时间抗争后的疲惫，然而还在心有不甘地抗争着，透着壮年听雨客舟中的苍凉感怀；而那种无奈是清醒着的无奈，是经历后的彻头彻尾的清醒。活到一定年龄，知道了人生中的种种限度，就那么眼睁睁地看着，心如大风停息后的湖面，平静得仿佛从来不曾起过波澜。这支歌一遍遍地在空中萦绕，窗外是无边无际的黄昏。那一刻，仿佛世界上到处都是黄昏，躲不开绕不过挥之不去的黄昏，仿佛黄昏就是这支歌。这支歌一遍遍地回响，仿佛它是每一个人生命的周而复始。这个时候，你觉得生命就是一种声音，在渺茫而无尽的时间和空间中静静流淌。我总是被这种声音深深淹没，不能自拔。那段时光，我真感到自己是生活在乌有之乡中。从书吧走出，往往已是繁星满天了。

一段风和日丽的天气过去后，忽然从一无所有的天空中落下了一场薄薄的小雪。洁白，脆弱，透明，似花还似非花，给人一种不真实的感觉。我想，我该归乡了。

2005 年 2 月

# 一场雨

    雨突然落下来，一滴，一滴，一滴。雨点很大，也很重，云的重，天空的重。也许，是天空一连串的心跳。不，也许是一个远远离去的人丢失的心跳。这么长时间了，一直留在天上，如今，在滑落的过程中成为温凉的往事——还带着一点夏天的近似于熄灭般的温度。就这样，一个人的心跳终于消失了。一个人在大地上消失了，那个人跑得远远（一直跑到高高的天上）的，心跳也消失了。啊，永不再回来！

    一个小女孩，扎着羊角辫，站在柿子树下，"一、二、三、四"，她眨巴着一双大眼睛，细数那些绿叶间的青柿子。数不清，总是数不清。雨落下来，满树的果实和绿叶都沙沙响了起来……她始终没能把那些密密的青柿子数完，于是，雨在一颗小小的心灵中留下了一个模糊的悬念。这个悬念像一条小小的绿藤，在雨天里迅速长大，长出更多的须叶，然后向这个世界、向生活深处一点点蔓延，直到她成为一个女人，成为一个老人。

    街道拐角处，那个信箱下面，一张写满字行的小纸片，正被风吹得贴着地面飞起。几滴雨水打在上面，字迹（也许是梦，也许是一个男人或一个女人的许诺，也许是一场刚刚萌芽的爱情，也许是一个草拟的合同、一张失效的借据、一张过期的欠条……）立即洇化得谁也认不清了——除了当初那个曾经写下它的人，而那个人如今又在哪里？一种脆弱的飞翔就这样被终止了。

一件谁家晾晒的纯棉的白色碎花睡裙，忘了收，高高挂在夹竹桃上面的细铁丝上，风在里面轻轻鼓荡，像一个极富想象力的谁也无法拥抱的身子。雨很快就把它淋湿了。睡裙挂着——有一丝淡淡的寂寞——那个人却不知到哪儿去了，仿佛有一个生命还在雨里淋着。而满树夹竹桃花却开得那么红，那么烂漫。

雨点很快就变得密集，雨成了雨帘。行人纷纷寻找雨水淋不到的地方。有的人找到了躲藏的地方，就在那儿看雨，看那些还在寻找的人，看那些已经被雨淋湿的人。而那些被雨淋湿的人，有的还在寻找一个可以躲避的地方，有的干脆就那样继续让雨淋着。

一场雨到来时，最好是这样——你昨天听天气预报了，知道今天有一场雨。当你出门的时候，你已经带着一把早有防范的雨伞。这样，无论在什么情况下，你就不必担心雨水会把你全部淋湿了，尤其是，你从心理上提前消除了被雨水淋湿的隐忧。当然，比这更好的应该是这样，你昨天听天气预报了，知道今天有一场雨。当这场雨快要到来时，你正在外面，但离家已不是太远，你恰好处在一个离你家最恰当的地方。就是说，你已经确信自己已经高枕无忧。当你走到家门口时，这场雨恰好倾天而下。但比这更好的是，事先你对这场雨根本一无所知，你一点心理准备都没有，雨意越来越浓，电闪雷鸣（夏天的雨开始时总是咄咄逼人），这场雨就在你头顶摇摇欲坠地悬着，于是，你加快脚步向家走去。你离家越来越近，这时稀疏的雨滴已开始落下了，你终于失去了镇定，忍不住狂奔起来——当你刚刚跳上家门口的台阶时，哗啦一声，这场雨倾天而下。比这个还好的我想应该还有，那就不说了。生活中，总有一些事情，我们还没有发现，还无法说清。一场雨，会把人淋湿，淋成感冒，但也会给人带来许多意想不到的幸福。

一场雨还会让人想起许多过去的事情。比如许多年前，你那道早已痊愈的伤口，还会在雨天到来前突然轻轻疼痛几下，就算你会忘记疼痛的原因，但疼痛的感觉却依然没变。你会想起你当年静静躺在病床上，输液瓶挂在色彩斑驳的枝形铁架上，药液一滴一滴，像雨水，总是滴不完——一个瓶装的寂寞而漫长的雨季——都流进你身体里去了……终于，那个年轻的护士给你拔针了，她低头，弯腰，雪白的护士服在腰肢处折成一道层次分明的皱纹，修长的手指，专注的眼神，一缕秀发从光洁的额上拂下来——仿佛要拂下来，其实并没有，只是拂过来一种女性特有的温柔气息，只是你十七岁时对所有美丽女性特有的敏感。你有一丝慌乱，转过脸，外面的黄昏很亮，不知什么时候夕阳已洒满窗外那棵茂盛高大的悬铃木的枝叶，整个树冠，一半明亮，一半幽暗。然后又是一个漫长的黑夜……

小时候的夏天，落雨时，母亲会在檐下放一口小水缸，陈年的麦草檐，黑黑的麦草檐，上面有积年的尘土和青苔。房子后面种着一棵粗大的杏树，还有一棵绿桐。房子上常常会落几片提前凋谢的叶子，雨水一淋，房子就散发出质朴而贫穷的气息。雨水一滴滴落在小水缸里，日子在一瞬间变得漫长。滴答，滴答，滴答……天长地久的声音和节奏。满满一水缸的沉默。麦草檐渗入了过多的雨，偶尔还会有水珠滴落，沉默就顺着缸沿溢了出来。晚上，黑亮黑亮的天，一闪一闪的星子，农耕时代乡村之夜特有的无边无际的静谧，零零碎碎的灯火，一摊一摊泼墨似的树影，露水、虫鸣和犬吠。后来天空慢慢明亮，十六或十七的月亮出来了。檐角有一个月亮，水缸里也一个月亮。这些雨水和月亮，晴天的时候，母亲就用来浇花。

在王家卫的电影《花样年华》中，雨是一种液态的情绪，是一种幽缓的抒情氛围。夜，晕黄的灯光照着一个个静静的小水洼，深深浅浅地映着很多模模糊糊的东西——那些曲曲折折、世世代代到处流转的情事——本身就是永远也无法说清楚的东西。一滴雨水落下，又一滴雨水落下，每一滴都很无助的样子。咚——咚——咚——，间隔很长的清脆的响声。每一个响声都有一个孤立的余韵。一悸一悸地沦猗，什么都是湿的，尤其是眼睛。尤其是心情。陈逸飞的某部电影里也有这样类似的画面，黄包车，穿旗袍的女人，倾斜的雨势，清冷陈旧的风。怀旧，低婉，唯美，没落，凄迷，细小的挣扎和绝望。

　　一场雨总是让人想到另一场雨，想到许多场雨。其实，这场大雨和许多年前的某一场大雨并没有什么区别。区别的只是，这场雨和另一场雨所带来的不同感受和想法。一场雨，落下。小时候，我静静站在雨后的檐下，会想到一些很远很远的地方，那些地方，青草般长满了梦想。现在，我静静站在玻璃窗后，会想很远很远的人，想很多的人，或者，想一个人。许多年以后，在雨天，也许，我什么也不想。

2005 年 6 月

# 松 风

　　当友人向我描绘你在那棵菩提树下静坐的样子时，我是多么地激动。菩提树是一种蕴含着佛性的树木，我虽然没有慧根，还是一下子就想象出了你的美丽与安详。前天我在那棵剔牙松下待了很晚，直到月亮升起。前天是阴历十六，月亮很圆很大，清光奇绝。去年我去洛阳看牡丹，但牡丹没开。牡丹是连皇命都敢违抗的花朵，牡丹不开，我就只好不看。于是取道西安，去看秦兵马俑，印象深刻的不是那么多的风景，而是路途上那座山头上的月亮。孤零零的一个大月亮，就那么静静地搁在那座碧青碧青的山尖上，那次看到月亮，我也是立即就想起了你的。

　　最近我是这样生活着的，读很古的书，品很淡的茶，或者只饮至清的水，要不就远远跑到颖水之滨那棵剔牙松下看天上起起伏伏的白云。有人说我这样的心态是很老的，甚至有点颓废。其实哪是这样的呢，我知道这只是因为我接触到的明艳的东西太多了，才把自己应衬成这个样子的，也许只是因为你的明艳吧。

　　我在剔牙松下看云，风从天上呼呼吹过，云就向着你的方向慢慢移动了，但我知道这些云还是到不了你那个地方的。天空这么长，它们走到半路上就会变成雨哗哗啦啦地落下了。现在我只能把这些云留着自己看了，我心里的好多感情都是半途而废的。

　　云慢慢向你那儿移着，我不能跟着云一块跑动，我就想到要送你一件什么东西。但我两手空空，只有坐在松下那块大石头上发呆。从读过的书里知道古人有折梅相赠的雅事，我倒是有一株梅的，梅龄刚刚四年，枝条却已有盘曲之势。可惜，今年的梅花已残。

　　不知你喜欢不喜欢松，松是很清寒的，永远是那副刚刚从冬天里走出来的样子。不过清晨或者黄昏，风从松上快一阵慢一阵地经过时，那声音倒是很好听。风干干净净地来，干干净净地去，什么也不留下，不像雨那么拖泥带水。风把我心中好多飘浮着的东西都刮跑了，我就变得很清洁。如果你喜欢，我或许可以给你录音，我可以送给你一些风声的。不过我不知道当这些风声送到你那儿时，是否还能保留着风的原始的味道。听风要在不经意间听到才好，就像不经意间，你突然遇到了我的某阵心跳。

2005 年 4 月

# 长 兴

　　那个小城靠在太湖边儿上，就像缀在太湖领口的一粒纽扣，闪闪发光，带有装饰性。它叫长兴，这个名字透露着中国世俗文化中最贴心的愿望。

　　我是一个对城市环境不容易熟悉和认同的人，似乎永远有着那么一点点无法消除的隔阂。但说来奇怪，当我第一次来到这个小城，居然没有陌生感。

　　仿佛来到了一个温暖的怀抱，我静静站着，恍如隔世。

　　围绕着那个小城的，有一痕连绵的小山。那是一些极有南方特色的小山，清秀，玲珑，有着清晰的轮廓和温婉的曲线。空明如水的天空下，它们的影子蓝幽幽的，显得十分宁静。它们向更远处延展，最后完全融化在蓝天深处，由工笔走向了写意。

　　那天下午，我去了小城西面的一个小山坳。据说这个山坳是由两山相搭而成，因而，当地人就自造了一个汉字——"岕"。读音为"ka"。这个地名就叫"八都岕"。中国的汉字在这儿就这样自己对自己讲通了道理。

　　山上长着很多竹子，没有一丝风，竹子静悄悄的，一动不动。这种静不仅是听觉上的，也是视觉上的。

　　竹子本来就是一种清虚的植物，即使喧响，那也是一种寂静的喧响。即使做成笛子，月夜响起，那笛声也有一种不容归类的清寂。即使燃烧成火焰，那也是一种寂静的火焰。

这些竹子大约原本就是一种属于天上的植物。所以，它们才长得这么高。它们永远向着天空寻找着什么，所以，它们才没有盘旋曲折的枝干。连它们的身体都是空的。——也许它们想回到天上，它们不愿意带去更多大地上的东西。

天上一日，世上千年。天上没有时间性，所以竹子也就没有了记忆的年轮。

山脚下的路边长着很多野生的银杏树，有的树长了上千年了，粗可合抱，还在一年一年地长下去，不知还会再长上多少个千年。

这是一种很敏感的树，对温差有种格外细微的反应。山上的气温相对较低，银杏的叶子依然青绿，银杏果也依然清圆如翡翠。到了半山坎，银杏树的叶子就显出了几分银灰的色泽。而山脚处的呢，叶子已呈淡黄色了，果实也变得淡白透明。

路边的农家院落有的搭着小小的吊瓜架，吊瓜一个个在架子下垂着，色青碧，瓜形小巧精致，有着极美的条纹。偶尔有熟透的，透明，通红，那是"一种无限度的红色"（瓦西里·康定斯基）——仿佛装满夕阳的玻璃器皿。

山极小，山势舒缓，一路慢慢走下，仿佛秋天和我是手拉着手走到这山下来的。

2005 年 9 月

# 日兮月兮

我们在市里一家饭店相聚，饭后又到欧上 KTV 唱歌，都是十年前的老歌。那时是学生，想唱就唱，也喜欢唱。《来生缘》《一剪梅》《吻别》《新鸳鸯蝴蝶梦》《晚秋》《涛声依旧》。新歌都不会唱了。甚至像《两只蝴蝶》《老鼠爱大米》这么流行的歌也不会唱了。岁月如流，不舍昼夜。

老史的女朋友手上夹着烟，也唱了两支歌。两支截然不同的歌都被她唱成了同一个调子。她的调子笔直，好像大路朝天，不知道拐弯。我不敢唱，听她唱后，才勇敢起来。前几天，老史在 QQ 上和我聊过她。她比老史大五岁，离婚，女儿都上高二了，以前曾在南京打工。后来又回到老家，在某个小镇上生活，老史喊她老何。老史现在是那个小镇民政办主任，他有个儿子，七八岁了，老婆文化水不平，小学三年级毕业，什么也不干，专职伺候老史。老史说自己从来没进过厨房没洗过衣服，不知道家务活是怎么干的。

老史老家在农村，以前上学时，他女朋友（也就是现在的老婆）在广州打工，两人一月通一次信。那女孩子不会写，都是让别人代写，信里当然没有什么亲热肉麻的话，老史每次都把那女孩子的信拿给我看。老史的父亲和那女孩子的父亲关系很好，两年前老史的父亲逼着他定了亲。那时农村的孩子，十六七岁就开始定亲了。老史嫌女孩子没文化，要求解除恋爱关系。但老史的父亲坚决不同意，他说，你兔崽子要敢不同意，老子就把你的狗腿打断，什么文化不文化，被子一蒙还不都一样！

我劝老史要向"五四"时期的热血青年学习，反抗家庭，婚姻独立。老史面带无奈，说，主要我也怕那女孩子想不开呀，她说过，我如果不和她谈了，她就自杀。他这样一说，我也底气不足了，因为我知道农村女孩子，尤其没受过多少教育的女孩子，有时头脑一热，说想不开就想不开了。我说，这样说来她对你倒是很痴情的嘛。老史嘿嘿一笑，说，那是，我和她，男女间该做的事，我们两年前就都做过了。

李是最后才到欧上 KTV 的，吃过饭，她没和我们一块来，又回家了，得送两个女儿上学。十多年前，她追过我。毕业前的那年冬天，她给我打了一件厚厚的黄线衣，打到袖子时，线不够了，我们学校在郊外，天下大雪，公交车都停了，她顶风冒雪一步步走到市里给我买毛线。毛衣打好，我也没穿几次，后来不知丢哪儿了。当时也没觉得这有什么，直到我和另一个女人结婚后，才慢慢感到那件毛衣的温暖，同时还有一丝男人的可耻的虚荣。但我现在就是想不起那件毛衣究竟丢在哪儿了。当年她追我追得那么疯狂、谦卑，我从来就不是一个铁石心肠的人，但对她硬是没有动过心。现在，依然没有动过心，感情实在是种奇怪的东西。

后来，毕业了，多年以来，我们一直没通消息。直到前年，才听老史说，邻班有个打篮球的男孩子追到了她。她丈夫在市里某家保险公司工作，好像是个经理什么的，我从来没有细问。也不想细问，李是个事业型的女人，豁达，开朗，有主见，有闯劲，现在做医药生意，代理着一百六十多个医药品种，其中终端品种就有七十多个，生意很好。去年，有天晚上，她给我打了一个电话，说，今天是你的生日吧。其实那天不是我的生日，但我说，是。说过后又都感到无话可说，就挂了电话。

后来我们又通了几次电话，她一再向我强调她丈夫的高大和优秀（她说她丈夫一米八二的身材，公司的业务骨干），她说她两个女儿的可爱和多才多艺（她说她们琴棋书画都会）。她向我透露她以后还打算再生个儿子，她说她喜欢小孩，她说别人有儿子她也要有儿子。

李唱了几支歌，然后让关了音响。她说，说说话吧。我说老史的性格还没怎么变，还和做学生一样稀里哗啦的。李说我也没怎么变，还是那么单纯。她用单纯来形容我这样一个已踏入社会十多年的男人，这个词让我有点过敏。她又说，你看起来还和以前那样，有点孤寂，我心里一热。我孤寂吗？我怎么没感觉到呢。——也许我压根就没认真正视过自己的这种感觉。经她这么一说，我倒突然觉得我不仅孤寂，也许还有那么一丝委顿了。

老史的女朋友不时到外面打手机、发短信，她和我们聊不一块，提出要走。四点多了，我为了赶路，还有个把小时的车要坐，也要走。李的兴致倒突然高了起来，说，晚上不走了，一块蹦迪去，老史和我晚上都要回去。

李打车送我们去车站时，又提出再到市郊的生态园玩玩。老史和他的女朋友说还要办点事，今天就不去了。李看着我说，他们不去算了，那——我们俩去！其实我更不想去。但我觉得无论怎样，自己都不应该拒绝李的邀请。

晴朗的黄昏，西方大半边天红彤彤的，冬天的落日真美，无法言喻的光线和色彩。湖面结了冰，树木落光叶子，草地一片灰黄，无数只小鸟在树枝上站着，一动不动，没有几个游人。整个大园子仿佛都是我们的，空旷也是我们的，有萧条感。风景的血肉被剔除干净，只剩下骨头。李要看热带植物，恒温的热带植物园，移栽着密密麻麻的阔叶植物。几株高大的三角梅开满娇艳的花朵，我似乎从来不曾看到过这么美丽的花朵。我喜欢繁花。我和李的谈话很空洞，至少我感觉很空洞，以前的东西不能再去触及了。我说不清我们之间是现在变得疏远了，还是以前本来就很疏远。——但我不得不悲哀地承认，我们之间的差距越来越大了。现在，对我来说，和大家一样，活着变得越来越重要了。但还有那么一点点东西，我觉得比动物性地活着更重要。也许就是因为这点，让我和周围的人产生了区别。

天色很快变暗了，我们从热带植物园里走出来，夕阳已经落去，又圆又大的月亮从东边的天空升起。园子变得清幽，有不知今夕何夕之感，苍茫。出了园门，恰好最后一班车就要开走。我匆匆跳了上去。我和李相互挥了挥手，一种平淡的几乎不带任何感情的告别。我仿佛从某种空茫的禁锢中解脱出来，上午喝了酒，偏头疼，胃疼。

最后一班车载着我和我的疼痛向前飞驶，我把头靠在车座上，闭着眼，仍能感到天空中那轮满月明晃晃地映在车玻璃上。

2006 年 2 月

# 表 姐

  大姑和我父亲同父异母，嫁在姜庄，离我们村七八里路。大姑的大女儿不是比我大一岁，就是比我大几个月。我没叫过她姐，都是叫她的名字。她的小名叫转，时来运转的转。由于都是叫她的小名，她的学名我倒不知道了。她活泼开朗，爱说爱笑，比我显得懂事。

  我到表姐家走亲戚，母亲和大姑拉家常，表姐和她弟弟带我在村里玩。村旁有片大水塘，我站在水塘边，说："好大的飞塘！"他俩笑弯了腰。

  表姐纠正我的方言，说："记住——是'水'塘，不是'飞'塘。"

  塘边有两排青绿的枳丛，又高又密的枝条上满是长长的刺儿，没有多少叶子。枳实有鸡蛋黄那么大，我摘了一个，他俩告诉我，只能看，不能吃。我剥开皮，忍不住偷偷尝了尝，涩得直吐舌头，他俩又笑。

  有年夏天，记不清是父亲打了我，还是母亲打了我，我觉得很委屈，居然自己就跑到了大姑家。父母心急火燎地找到我，很生气。我不愿意回去，并有长住不走之势，害怕到家再挨一顿。

  父母说："回去吧，回去不打你了。"

  大姑叮嘱父母一番，我又看看父母的脸色，才算回去了。到家后，父母果然没打我。

大姑回娘家，表姐也常跟着来。记得我刚买了本小人书，就是连环画《三打白骨精》。表姐要借回去看，我不给。她要用什么东西换，我也没同意。后来，我念念不忘此事，一想起来，就为自己当时的小气而羞愧。

我十二三岁时，父亲从教育转入行政岗位，到一个叫斤沟的小乡政府工作。我跟他在那儿上学，斤沟离大姑家很近，两三里路。父亲忙于工作，我刚到那儿，还不适应环境，常有无依无靠之感，到大姑家去得就比较勤。姑父好像不大喜欢。我那时小，也没多想。那时农村还很穷，吃饭还是个问题。大姑四个孩子，我一去，等于凭空又添了一张嘴。

又过了一段时间，我就去得极少了。

表姐的丈夫是她附近村里人，以前两口子经常在外打工，现在回来了。中秋节，她来看我父亲，我请她吃饭。猛一见我，她愣了一下，也不说话，光看着我微笑。恍惚间，我没能一下子认出她来。她变多了，眼角也出现了皱纹，笑的时候更多。她发胖了，体态和神情真像当年我大姑。

多年不见，她似乎有点拘束，话也不多。

她儿子上高中了，学习成绩很好。她的小女儿才九岁，比我女儿小一年。小姑娘扎两条长辫子，眼睛像她妈，又大又亮。

我妻子后来问我："你表姐以前一定非常漂亮吧？"

我说："那是。"

2011 年 6 月

# 比喻中的苹果

　　小时候，苹果对我而言还是一种奢侈品。当我说苹果、苹果时，那往往是对于美好生活的津津有味的向往。尽管我极少拥有它们，但这并不妨碍我在小学作文课上写下这样的句子，来形容与我青梅竹马的那位邻家小妹："苹果似的脸蛋，圆圆的，红红的。"其实那时这是一个流行的比喻，经过我们千篇一律的使用，早已失去了新鲜的水分。但我们一再使用的原因在于，我们热爱的不是比喻，而是比喻中的苹果。

　　听说附近一个村子有苹果园，我常常无限神往，但并没想过去一探究竟。那个年龄还不具备行动的勇气——就是后来，我也不曾具备，这也算是我一生的缺陷。但我的邻家小妹去过，因为那是她姨家的村子。她说，苹果园很大。她只说"很大"，却不懂更详细地描绘，这让我感到遗憾。

　　冬天的一个黄昏，天快黑了，暮色朦胧中，邻家小妹找到我。她很兴奋，一副长途跋涉、风尘仆仆的模样。她自豪地告诉我，她弄到了一棵苹果树！

　　可以想象，我是多么惊喜。我问她怎么得来的，她说上午她爸爸到姨父那儿喝酒，她也去了，回来时经过那个苹果园，她硬缠着爸爸拔了一棵。

那棵苹果树细细的，主干上分出几个小小的枝杈。由于她爸爸喝多了，没怎么顾及树根，下部光秃秃的。

我们并没去想冬天不是种树的季节，第二天，我们齐心协力，挖坑，浇水，把树埋在我家房后那片空地上。我们憧憬地想，春天它就会开花了，秋天它就会结出满树的果实了。——仿佛这一切都是天经地义、顺理成章的事，我们站在树旁微笑。许多年后，当我独自面对人生中某些事情时，我才懂得，若有人和你一块心贴心地来做，这其实是一种极大的幸福。

整个白茫茫的冬天漫无边际，冬天的中心是一棵新栽的苹果树，树边是两个摇曳的淡绿色的小小身影，那身影仿佛两片生机勃勃的叶子。我们用希望温暖自己，期待让生活充满甜蜜的味道。

春天终于来了，阳光和雨水，天空蓝得像支童谣。桃红柳绿，莺歌燕舞，该开的花都开了，该长的叶都长了，春天一派繁荣昌盛。

但我们守望的那棵苹果树却独独无动于衷，仿佛被春天遗忘。我们希望的花朵和绿荫在春天无可救药地凋零……

后来，比喻中的苹果让我热爱上了文学和阅读。有一天，我读到路德的一句话："即使世界明天就要毁灭，今天我仍要种下一棵小苹果树。"我读出了其中非凡的力量。这种力量仿佛一股强大的潜流，在人间生生不息地洄旋，我感到温暖和慰藉。

就这样，不知不觉间，比喻中的苹果已慢慢在我心中长成一棵精神的苹果树了。

2006 年 6 月

# 云台山

　　云台山，位于河南修武县境内。去云台山看云，开始，我想歪了，把云台山的云和楚顷襄王的云想到一块去了，以为云台山的云也一样的暧昧、浪漫、幽微，带有爱情的色彩和气味。云本来就是一种相当主观的事物，历来的神话传说和文学描述，又反过来让这种主观色彩加深。一路小雨，汽车疾驰如风，车下水汽飞溅，如腾云驾雾。车过黄河，水面苍茫一片，朦胧里感到一种无以名之的浩大与幽深。路边有数十亩旱藕，一片连着一片，藕叶已呈残败之状。其中一小片藕田，藕叶却仍然苍翠，几朵藕花半开着，猩红欲燃，在阴雨的秋空下显得异常明艳，像一盏盏小小的宫灯，在过去的时光中亮着。第一次看到这么晚开的荷花，少见多怪，深以为奇。

　　到了云台山下，天气突然转晴。阳光中的山壁清清朗朗。天空湛蓝得呈液态状，一大团一大团蓬蓬松松的白云在山石上囤积着，仿佛在那儿已囤积了几千年。但当我攀上那些山石时，白云却不见了。坐在石上歇息，四周静静的，静得仿佛能听到自己的胡子在长。抬头看天，却见白云还在更高的石上，于是一下子体会到"可望而不可即"这句话中的意趣。一只大鸟，立在一块突起的石头上，静如处子，突然想起什么似的，又振翅飞起，悠悠消失在白云深处。曲折走过一段山路，前面有云缕垂垂而下，轻，细，软，柔，纱一般在风里欲断还连地飘浮着。走近才知原来不是云，而是一挂瀑布。瀑布的声音很大，如奔马，如雷鸣，人在下面，说话时只见张嘴，却听不到声音，只好辅以手势，连比画带吆喝，才能稍稍领悟到话中的意思。人此时形同木偶，仿佛被一根看不见的线、被一种看不见的力量操纵着。

我在山泉里捡了块石头，石色苍黑，摸上去滑腻冰冷，形状古拙。这山上，随便哪块石头，都可能有着上亿年的年龄。我准备把这块石头带回去，供在书房里。

山里有寺，寺里有和尚，一朵白亮亮的云挂在寺后那棵千年老松的枝上。我正巧在读《坛经》，就想到寺里问佛。一个三十多岁的和尚，身上黄色的直裰很脏，袖子向上卷着，露出一截光光的胳膊，他双手合十，念了一声阿弥陀佛，问我有何所求，我还没回答，那和尚却要求看我的手相，然后开始巧妙地向我要钱。我一向不喜欢别人向我拐弯抹角地要钱，当然更不喜欢和尚向我拐弯抹角地要钱，我说我没有钱。于是，匆匆离寺。

很多历史人物都曾在这片山野中生活过，西汉的张良、魏晋的竹林七贤、唐时的孙思邈和王维等。山重水复，云遮雾绕，放眼望去，仿佛这些人物都还在这儿生活着，说不定在白云深处，不期然还能与他们相遇。古时交通不便，林密兽多，荒寂便膨胀得分外巨大，只有看透世事的人，只有在社会现实中拣尽寒枝不肯栖的人，或心气格外特别、禀赋异于常人的人，才会跑到深山老林里来吧。想想夜长灯昏，淫雨霏霏，这个时候，只有自己和自己面对着，又怎能悠然融入自然?! 云在青天，水在瓶。人总得有所寄托，才能活得安稳；总得有立足境，才有可能无立足境。我读韦应物的诗句，"山空松子落，幽人应未眠"，既读出了一个远离尘嚣的人的不凡，也读出了他内心的冷寂。任何时代都有荒芜的地带和角落，有些人又恰好生在这个地带或角落里。可以逃得了人世，但可以逃得了自己吗？四海茫茫，也并非随处可去。人与人的性情差别是如此之大，人与人的命运结局又是如此不同。或成或毁，显尽了天道的无情。

中午，在山上一家小饭店里吃饭。天又下起了雨，疏而细。一对从北京来的老夫妇，六十多岁了，也千里迢迢来到这儿，两人都没带伞，就从小饭店里买了两件雨衣。跟他们一块来的，还有一只雪白的狮子狗。狗也知山林之乐、得山林之趣吗？刚一看到的时候，感到有点可笑。他们怕狗淋雨，就抱在怀里，像疼爱着一个孩子。我好像在哪本书上看过，说过分喜爱孩子和宠物，其实是心理孤寂的一种表现。我一直看着那对老夫妇在山道上慢慢走远，然后就踏上了下山的道路。

雨中的山峰显得很雄奇，云气弥漫，山峰若隐若现，气象万千。有一刻，我感到仿佛不是云雾在飘浮，而是那些山峰在慢慢摇晃了。

走出山门，居然有种离别的情绪。也许虽然我回来了，但另一个我却永远留在了那里。于是，我像个诗人那样，在内心悄悄做了一个告别的手势。

2006 年 10 月